万能鑑定士Qの短編集 I

松岡圭祐

角川文庫 17639

目次

第1話　凜田莉子登場

KEISUKE MATSUOKA
STORY COLLECTION OF ALL-ROUND APPRAISER Q
KADOKAWA BUNKO

要らない物は、ネットオークションに出品するべきか。フリーマーケットで売りさばくか。いや、ジャック・オブ・オールトレーダーズに持ちこもう。それが昨今、渋《しぶ》谷《や》や原宿《はらじゅく》に住む女性たちの常識だった。

東急東横線でひと駅、代官山《だいかんやま》駅の改札をでて急な坂道を下ると、モダンで洒落《しゃれ》た外観のカフェやショップが連なる。フレンチ・レストランの隣りに位置する平屋建て、J．O．Aの赤い看板が、巷《ちまた》で評判の質屋の目印だった。

英国レンガ張りの外壁と丸窓を備えた正面エントランスこそ、ひどく小規模に見えるが、フロアはまさしくうなぎの寝床で奥へ延々と伸びている。創業三十六年、ここ最近になって全面改装したばかりなので店内も真新しい。

縦横に走るショーケースはブランド物で溢《あふ》れかえり、見あげれば天井から吊《つ》るされた無数のギターが独特の光沢を放つ。アンティーク家具や食器、小物、雑貨類がコーナーごとに分かれ存在を誇示しあう。

地方のディスカウントショップにありがちな中古家電は、ここでは目につかない。一風変わったレトロなデザインの冷蔵庫だとか、前世紀半ば風の丸みを帯びたコカ・コーラの業務用自販機、ジュークボックスからアーケード用のヴィデオゲーム機まで、思わず値札に見いってしまうような珍品が壁ぎわを覆い尽くしている。

人気を博しているのは、ユニークな物でも積極的に買い取ってくれる方針や、それに伴う売り場の品揃えのせいばかりではない。店内を見渡しても、女性客の比率が圧倒的に高かった。従業員数は十人余りだが、そのリーダー格の青年の人気が高く、いまや彼の存在そのものが集客に結びついているからだ。

駒澤直哉《こまざわなおや》、年齢は二十三歳。

すらりと痩《や》せた長身ながら端整な顔だち、伸ばした髪はロッカー風でもあるが、特に楽器のみを担当する従業員というわけでもなく、店で売買される商品全般について広範な知識を持つ。クールでおとなしく、いつも低い声で喋《しゃべ》るのが特徴だった。

親切で生真面目な性格らしく、接客時の語り口にも思いやりが感じられる一方、質屋だけに買い取りを断ったり、客の予想より安く見積もったりするときにやむなく覗《のぞ》くそっけなさも、多くの女性にとっては惹《ひ》きつけられる理由のひとつらしい。

のみならず駒澤はかなりの目利きで、見立てもたしかだと業界での評判も高かった。沈着冷静で、きかれたことにはなんにでも答える。よって女性客は総じて長居しがちであるが、取引が済んだあとも会話が途切れずにいると、客にとってはよからぬ事態が生じる。

カウンター奥の店長室の扉から、のっそりと巨漢が姿を現すのだった。

胸もとにロゴを刺繍《ししゅう》した黒シャツはこの店のユニフォームで、駒澤をはじめ全従業員が着用する決まりだったが、セイウチのように肥え太った店長はサイズが合わず、ひとりだけ4XLの黒のワイシャツを身に着けている。

店の経営者、香河崎慧《かがわざきさとし》は駒澤の叔父《おじ》にあたる人物だった。

年齢は七十二歳。白髪頭を七三に分けて清潔にまとめているが、顔は皺《しわ》だらけで、もともと奥目だったのがさらに垂れさがっている。ただしハンサムな駒澤の血縁だけに、その巨体と対照的に頭部だけは西洋人のように小さく、面長で彫りも深いときているので、顔写真だけみれば温厚そうで好感の持てる老紳士という印象を抱かせる。

実際、店内で香河崎が姿をみせても、駒澤との雑談に明け暮れていた女性客はプレッシャーを感じるようすもなく、たいていにこやかに頭をさげる。ところが香河崎からは、決して友好的とはいえないまなざしが返される。

頑固爺《じじい》そのものといった目つきで睨《にら》みつけられた客は、居心地の悪さを募《つの》らせ退散せざるをえなくなる。駒澤はその都度、叔父に対し控えめながら苦言を呈するが、香河崎は呆《あき》れ顔で首を横に振るばかりだった。

「商売だぞ」香河崎はしわがれた声で唸《うな》るようにいった。「高く売れそうな物を持ってきたら、たとえ毛むくじゃらの穴居人だろうと丁重にお迎えしろ。だがガラス玉の指輪を嵌《は》めてきたら、絶世の美女でも塩を撒《ま》いて追いはらえ」

淡い朝の陽ざしが差しこむ十月の第二木曜、駒澤直哉は倉庫の棚に並んだ質入れ品のチェックをひととおり終えてから、いつもどおり店内へと足を向かわせた。

それなりの大学をでても、世の就職難は度を越していて、結局は叔父の店で働きだすことになった。叔父は例によってすなおに認めたがらないが、店の売上は以前の倍近くまで達している。天職とは思わないが、とりあえずいまの生活に不満はない。それが駒澤の実感だった。

開店直後だけに、まだ売り場は閑散としている。従業員もほとんど昼からの出勤だから、この時間に店内で顔をあわせるのはたいてい叔父ひとりだった。

叔父の香河崎が店長室の扉から、ぬっと姿を現した。「きょうからひと月、新しい鑑定家が出向してくる予定だな。ちゃんと覚えてるか」

「忘れてないよ」駒澤は静かに応じた。「今度の鑑定家さんは守備範囲が広いらしいからね。ひとりでいろんな物の見立てを手伝ってくれそうだ」

多種多様な品物の買い取りや質入れの希望を受けつける仕事だけに、真贋《しんがん》の鑑定や価値の査定には、やはり専門家の知識が必要だった。駒澤も勉強をつづけてはいるが、うっかりだまされて二束三文の品に大金を払ってしまわないよう、鑑定のプロを定期的に招かざるをえない。

「ふん」香河崎は鼻を鳴らして、大判の封筒を取りあげた。「いつもの鑑定家連中がみんな休みをとっちまって話にならん。あいつらが全員一致で推薦《すいせん》してきた今度の鑑定家、百人力とか太鼓判を押しとったが、さてどんなもんかな」

駒澤は封筒のスタンプをちらと見た。ムラーノ探偵事務所とある。覚めた気分でつぶやいた。「また調査会社に依頼したのかよ」

「見ず知らずの人間を働き手として店に迎えるんだぞ。どんな身の上か、事前に知っておくのが経営者の務めってもんだ」香河崎は封筒から書類を取りだした。「あいつらの話じゃ、以前に三鷹《みたか》のチープグッズ本店で働いとった女性店員らしい。買い取りコーナーから独立してフリーの鑑定家になって、飯田橋《いいだばし》で自分の店を持っとるとか」

「じゃ信頼できるね」

「どうかな」と香河崎は老眼鏡をかけ、書類に目を落とした。「……なになに。沖縄県立八重山《やえやま》高校、学年最下位⁉」

「まさか。なにかの間違いだろ」

「いや……。就職面接でカバンを忘れ、傘一本だけを手に会社に現れた結果、その場で不合格を食らったそうだ。英語の筆記試験では〝Nice to meet you〟を『いい肉をあなたに』と訳す。こりゃ天然のアホだな」

「そんな人が鑑定家になれるわけないよ」

「看板掲げるだけなら誰でも自由だ。質屋みたいに公安委員会の許可が必要ってこともないしな。しかも店名が……万能鑑定士Qときた。とんでもない大ぼらを吹いたもんだ。あの鑑定家どもめ、食えない素人同然の女をうちに引き取らせて面倒みさせようって腹だな。こっちは報酬を払わにゃならんというのに、まったく話にならん」

「なんて名前の人？」

「ええと、凜田莉子《りんだりこ》となっとる。姿をみせしだい、お引き取り願わにゃならんな」

凜田莉子？　どこかできいたな。駒澤はぼんやりとそう思った。

店内にはちらほらと客が入りはじめている。うち四十歳前後とおぼしき化粧の濃い婦人が、大きなボール箱を抱えてカウンターに近づいてきた。

「おはようございます」婦人は駒澤に笑いかけてきた。「これ、見ていただきたいんですけど」

「いらっしゃいませ」駒澤は穏やかにあいさつし、箱の蓋《ふた》を開けにかかった。「拝見いたします」

緩衝材に埋もれていたのは、ヒスイにも似たソフトな緑いろの光沢を放つ食器セットだった。一見して心惹かれる美しさ。素材はミルクガラスだろう。

香河崎が不満そうに唸った。「わしじゃなく直哉に見せるのか」

婦人は微笑した。「いけませんでした？　いまや若頭の駒澤さんが実質的な店のオーナーでしょ？」

十年早いわ、と香河崎の吐き捨てるような愚痴を聞き流しながら、駒澤は皿を一枚取りだして裏がえした。

有名な耐熱ガラスのブランド名が印刷してある。駒澤はつぶやいた。「ファイヤーキングか。いい物ですね」

香河崎が覗《のぞ》きこんだ。「見たことのない紋様だ。偽物の可能性があるな」

「いや」と駒澤はいった。「ガラスに印刷する専用インクが独特の質だよ。問題はいつの時代かってことだ」

ファイヤーキングの販売元は、アメリカのオハイオ州にあるガラスメーカー、アンカーホッキング社。日用品として大量にでまわったものの、一九七六年に同社が生産を打ち切ると、時を追うごとに価値が高まっていった。

駒澤は所感を口にした。「一九四二年から売りだされてしばらくのあいだは、バックプリントはロゴじゃなく文字だけのシンプルなものだった。四〇年代後半からロゴが作られ、その下に"OVEN GLASS"と入る。あきらかに希少性が高いのはその二種。でもこれは"GLASS"じゃなくて"WARE"になってる」

「なんだ」香河崎が、興味を失ったかのごとく身を退かせた。「六〇年代中期以降か。オーブンが普及して"OVENWARE"の表記になっとるんだ」

「違うよ」駒澤は同意できなかった。「ふたつの単語が分かれてる。"OVEN WARE"だ。シリーズの多様化に伴って表記を変えた時期の物だな。おそらく五〇年代の半ば……」

駒澤はふと、若い女性客がカウンターの近くに立っているのに気づいた。興味深そうに箱のなかを覗きこんでいる。

年齢は二十二、三歳ぐらい。ほっそりと痩《や》せていて、腕も脚も長いモデル体型だった。ゆるいウェーブのロングヘア。バイカラートレンチ風ワンピースも優雅かつ自然な装いに感じられる。

顔は驚くほど小さく、猫のように大きくつぶらな瞳《ひとみ》が特徴的だった。少女のようなかわいらしさと、妙に大人びた美人の横顔が混ざりあった、どこか個性に満ちた面立ち。いちど会ったら忘れられないルックスだと駒澤は思った。

しかしいま、駒澤の接客相手はファイヤーキングの持ち主だった。駒澤が向き直ると、婦人が口をとがらせて反論してきた。「ロゴがあるほうが古くて価値があるってきいてきたのよ」

「ええ、そのう」駒澤は説明した。「たしかに七〇年代中期以降、ロゴがふたたび姿を消しています。ファイヤーキングという表記だけを見て、直火にかけてもだいじょうぶと勘違いする人が増えたからです。でもそれ以前の三十年ぐらいは、ずっとロゴ入りでした。この食器は、ずいぶん微妙な時期に販売されたようで……」

「微妙って？」

「五〇年代半ばの物には違いないんですが、ちょうどそのころファイヤーキングはアメリカ国内から、全世界へと販売の規模を拡大しはじめたんです。もし海外流通が始まったあとの商品なら、きわめて大量に製造されているので、価値はかなり下がります」

「まあ……。そうなの？　がっかり」

「落ちこむのは早いですよ。まだどちらともいえません。専門家に鑑定してもらえばはっきりするでしょう」駒澤は壁の時計を見やった。「ええと、きょうは鑑定家さんが来ることになってるんで……」

　香河崎が小馬鹿にしたように笑った。「鑑定家だと？　例の、勝手に看板掲げてるだけの凜田莉子さんとやらか。あてにはならんな。まともに調べられるのは来月になりそうだ。そのころまた持ってきてもらったらどうだ？　さて。こちらのお嬢さんは、何か売る物をお持ちかな」

　そういって香河崎が、さっきの若い女性に目でうながした。

　すると、女性は微笑とともに穏やかにいった。「では、こちらのお客様に良いお知らせを差しあげます。その皿、〝MADE IN U.S.A.〟の表記がないのでグローバル展開後のファイヤーキングじゃありません。アメリカ国内向けの製品です」

　ぎょっとして香河崎が目を剝《む》く。駒澤も啞然《あぜん》とせざるをえなかった。

　内心の驚きに反比例して、いつものごとく冷静な自分の声を駒澤はきいた。「あなたが凜田莉子さん……？　意外だな。ずいぶん若いんだね」

「はい！」と莉子は明るく笑った。「まだ二十三ですから」

同い年か。駒澤は箱からコーヒーカップを取りだして、莉子に差しだした。「こっちはわかる？」

香河崎が大仰に咳《せ》きばらいをした。「よせ。触らすな。その娘《こ》じゃファイヤーキングの価値どころかバーガーキングの味すらわからん。遠慮してもらえ」

駒澤はぴしゃりといった。「叔父《おじ》さん。少し黙っててくれないか」

店内はしんと静まりかえった。香河崎がふてくされた顔をそむけると、カウンターを囲むほかの三人の視線がさまよいがちに交錯した。

やがて莉子がカップを受け取り、軽く指ではじいた。「ホウ酸を混ぜて熔融《ようゆう》したボロシリケイトガラス、独特の音色です。本物に間違いありません。バックプリントに“OVEN-PROOF”とあるから、さっきのお皿よりは時代が新しいです。一九七〇年前後でしょう」

沈黙のなか、駒澤は無言で香河崎を見やり、目で問いかけた。何かいいたいことある？

香河崎は納得しかねるようすで、しかめっ面のまま棚に手を伸ばした。

ヴィンテージ物の男性用ブーツが一足、カウンターに乱暴に置かれる。香河崎は身を乗りだして莉子にきいた。「これが何なのか、当然わかるだろうな」

莉子が顔いろひとつ変えずに応じる。「レッド・ウィング, アイリッシュセッターの定番モデル、♯877です」

「古い物だ。一九五〇年代の前期か?」

「後期です。履き口にパイピングがないうえに、外羽根部分にも四角いステッチがありません」

あんぐりと口を開けて香河崎は押し黙った。

駒澤は小声で叔父にきいた。「充分?」

依然として仏頂面の香河崎は、なにもいわずにブーツを棚に戻し、店長室へ引きあげていった。

思わず莉子と目があう。駒澤が笑ったのは、莉子とほぼ同時だった。

あのうるさい叔父を黙らせた鑑定家は数少ない。莉子に対しひそかに感銘を覚えながら、駒澤は婦人にたずねた。「これらの食器、どうなさいますか。売ります? 質入れをご希望ですか」

婦人が応じた。「売りたいんです。ぜんぶいっぺんに」

さて、どうしたものかな……。駒澤は考えた。

人気色のジェイダイト、皿洗い機の洗浄による退色もない。かといって、新品《ミント》や未使用品《コンディション》ではなさそうだ。ラベルが残っていればもう少し価値がでるが、この状態ならぜんぶで十万円が妥当な買い取り額か。

駒澤は莉子にきいてみた。「どう思う？」

莉子がにこやかに婦人に告げた。「相場がお店での売値として、買い取り額はその半分ぐらいです。だから十万円」

驚いたな……。駒澤は心のなかでこぼした。店の人間として言いづらいことを、彼女はすべて言ってくれた。査定も正確きわまりなかった。

婦人も鑑定が信用に足《た》ると感じたのだろう、納得したようにうなずいた。「それでいいわ」

出勤してきた従業員のひとりが、こちらのやりとりを遠目に観察していたらしい。タイミングを計ったかのごとく近づいてくる。駒澤はボール箱を引き渡しながら指示をだした。十万円です。手続きお願いします。

婦人が従業員とともに遠ざかると、駒澤は莉子と顔を見あわせた。

駒澤はたずねた。「鑑定の勉強はチープグッズで？」

「買い取りコーナーで二年しごかれたから」

「そう。吸収が速いんだね」

ふいに莉子の大きな瞳がじっと見つめてきた。「……ありがとう。信頼してくれて」

「どういう意味？」駒澤はきいた。

莉子はカウンターに投げだされた封筒を指差した。「千代田区のムラーノ探偵事務所。人の家庭環境や経歴を調べるのに定評がある調査会社よね。報告書を見たのに、わたしに意見を求めてくれた」

「あぁ……」鋭い観察眼だ。駒澤は封筒を手に取るや、ゴミ箱に投げこんだ。「学歴差別なんかしないよ。僕も希望した会社に入れずに叔父さんの世話になってるんだし。叔父さんの非礼は謝るよ。でも、ああ見えて情に厚いところもあるんだ。すなおじゃないけどね」

ふたたび笑顔になった莉子がささやいてきた。「覚悟していくようにいわれてきたの。香河崎店長の前で空気を読めなきゃお払い箱だって」

「歳のせいか、何を望んでるのかわかりにくいところがあるからな。僕にものを頼むときにも、直接いわず独りごとみたいに大声を張りあげるんだよ」

そのとき、店長室の扉から香河崎の声が響いてきた。「あーあ！　頼りになる鑑定家が来るというから、こいつの価値をきくつもりだったんだがな」

駒澤は莉子と苦笑しあった。カウンターの上板を撥《は》ねあげて、莉子をなかに迎えいれる。「ようこそ、ジャック・オブ・オールトレーダーズへ。凜田さん」

「お世話になります！」莉子は元気に応じて、カウンターに立ち入ってきた。「素敵なお店。きっと楽しいことが起きそう」

店長室は八畳ほどの広さで、いかにも香河崎が好みそうなアールデコの装飾品で統一されていた。駒澤は常々、質屋の扉の向こうに覗《のぞ》く店長室が豪勢な内装を誇っていては、客の機嫌を損なうと感じていたが、香河崎のほうはいっこうに意に介さないらしい。質流れの品のなかから小物を拾い集めているのか、デスクやキャビネットまわりはどんどん賑《にぎ》やかになっている。

莉子を連れて駒澤が入室すると、香河崎は革張りの椅子をまわして、すねた子供のように横を向いた。デスクの上にあるのが鑑定依頼品のようだ。黒光りするシャネルのバッグと、それをおさめる箱、そして布袋。

香河崎がぶつぶつとつぶやいた。「長いことこの仕事をやっとるが、こんな物に何十万円も払いたがるとはな。女の世界はわからん」

駒澤はあっさりといってのけた。「男が高級車で優位に立とうとするのと同じだよ。女性にとってはハンドバッグが権力の象徴」

すぐさま莉子が白い手袋を取りだして嵌《は》めた。失礼します、そういってハンドバッグを手に取る。

香河崎は椅子に腰かけたまま、莉子の顔を見あげた。「高校の成績じゃチープグッズのバイトにもなれんはずだ。どん底からどうやって這《は》いあがった？」

「叔父さん」と駒澤は咎《とが》めた。

けれども莉子は気にしたようすもなく、ハンドバッグを眺めまわしながら応じた。「パートに採用される前に、義務教育レベルから勉強しなおしました。当時の店長さんがいろいろ教えてくださって」

「ああ」香河崎がうなずいた。「チープグッズの瀬戸内《せとうち》は世話好きなうえに、教育者として優秀だったからな。しかし、だからといってそんなに短期間に物知りになれるかな」

「わかりません」莉子は真顔でいった。「ただ……自分でも実感はないんですけど、感受性が強いっていわれて」

「感受性？」

「なんにでも夢中になっちゃうタイプらしいんです。だから注意が散漫になりがちで、勉強も苦手だったんですけど、逆にそれを学習に生かせばいいって瀬戸内店長が助言してくれて」

「なるほどね」駒澤は叔父に肩をすくめてみせた。「感受性が強いと感動しやすいんだよ。それだけものを覚えるのにも効果的なんだ。感動を伴う記憶は脳に残りやすいから。早い話、学習の素質があるってわけ」

香河崎はじろりと駒澤を見つめてきた。「おまえには真似できそうにないやり方ってことだな。いつもかき氷みたいに冷たい。喋《しゃべ》ってるうちに頭がキーンとしてくるのも同じだ」

駒澤はため息をついた。冷めた性格なのは自覚している。感情を表すのも苦手だった。

しかし、莉子のほうは以前、こんなにクールではなかったわけか。思いきり笑ったり泣いたりする少女期を過ごしてきたとは意外だったが、そのうえ成績も劣悪とあれば、天然とみなされてもふしぎではない。あの調査会社の報告書は表層のみをとらえていたわけだ。

この凜田莉子なる女性は成人後、かつての学校での評価を覆すぐらいの変身を遂げたことになる。周囲から奇異にみられる理由だったはずの感受性の強さを逆手に取り、記憶力に昇華させた。

才能と努力の賜物、か。人は見かけによらない。願わくは、叔父もその事実を受けいれてくれるとありがたいのだが。

莉子がいった。「バッグの内側に、ちゃんと製造番号を記載したシールがありますね。偽物ならこすると簡単に取れるけど、これはしっかり貼りついてる」

駒澤も同感だった。「ギャランティカードと箱の番号も一致してる。有名な9395451じゃないし、10218184でも10501946でもない」

それらの番号は世界じゅうで複数発見されている、シャネルのスーパーコピーの偽番号だった。ヴィトンは番号が重なっていたりするが、シャネルの場合はありえない。

香河崎はさも不満そうに吐き捨てた。「本物なのはわかっとる。シャネルのなかでも少々風変わりなタイプだから、いくらになるかときいとるんだ」

すると莉子があっさりと告げた。「露天商なら千円でしょう。もっとも、この店では扱うべきじゃありませんけど」

「馬鹿な」香河崎は表情を凍りつかせた。「なにをいっとるんだ」

さすがに駒澤も驚きを禁じえなかった。「まさか偽物だとか?」

莉子がうなずいた。「本物の工場と同じ素材を用いた超スーパーコピー。そっくりだけど、ボタンの縁の刻印がわずかに浅いし」

「貸してみろ」香河崎は老眼鏡をかけてバッグに見いったが、やがて唸《うな》りながら首を横に振った。「縫製はしっかりしとる。偽物にありがちなプラスネジも見当たらない。それに……」

ブラックライトの電気スタンドに手を伸ばす。香河崎はギャランティカードを蛍光灯に近づけた。「ちゃんと隠し文字のCHANELが浮かびあがっとる。まぎれもなく本物だ」

駒澤は賛成する気になれなかった。「凜田さんが偽物といったら偽物だよ」

「わしはおまえが生まれる前からこの仕事をつづけてきとるんだぞ。おまえはどうせ、ざるそばともりそばの見分けもつかんだろう。若造になにがわかる」

「海苔《のり》が盛ってあるのがざるそば、ないのがもりそばだろ」

「とにかくだ！　この娘さんが何年か勉強したからって、付け焼刃の知識を鵜呑《うの》みにできるか」

激昂《げきこう》しがちな香河崎の物言いに対し、駒澤は終始冷静なまま反論しつづけた。「このハンドバッグは今年でた商品だよ。見定めにキャリアなんか関係ない」

店長室において意見の対立は日常茶飯事だったが、論争の火種を撒《ま》いた当の本人はいつしかデスクから遠のき、キャビネットに歩み寄っていた。

「わあ」と莉子は、蓋《ふた》の開いた指輪ケースに手を伸ばした。「大きなダイヤ。リングもプラチナですね。かなり古い物みたい」

香河崎が怒鳴った。「そいつに触るな!」

莉子はびくついて手をひっこめた。「は、はい……」

「ったく」香河崎は象のような巨体をゆっくりと椅子から浮かせた。「見るのは鑑定依頼品だけにしてくれ。直哉、わしは家に帰る。売り場のショパール、閉店前には忘れず金庫にしまっとけよ」


午後九時、質屋は閉店の時刻を迎えた。

駒澤はショーケースのなかから、まばゆいばかりに光り輝くショパールの腕時計を慎重に取りだした。言いつけどおり、きょうも金庫に戻さねばならない。

莉子が感嘆したようすでいった。「すごい物を扱ってるのね。文字盤に天然ダイヤを鏤《ちりば》めたショパールのK.R.Vなんて、時価一千万円以上でしょう」

ふと駒澤のなかに鈍い感触が走った。

こんな浮世離れした超高級ブランド品まで詳しいとは。待てよ。凜田莉子って……。

脳裏に閃《ひらめ》くものがあった。駒澤はきいた。「以前にルーヴルの臨時学芸員に選ばれてなかった？　ネットのニュースで読んだよ」

大きな瞳《ひとみ》を見開いて莉子が見かえした。しかし、驚きのいろはすぐに苦笑のなかに消えていった。莉子は控えめな口調で告げた。「いろいろあって結局、就任しなかったの」

「きみほどの目利きが質屋に出張鑑定か。不況もあるけど業界は人材の評価に疎すぎるね」

「どんな仕事でも楽しいし。ここでショパールに出会うのも予想外だったし」

駒澤は思わず笑いながら、カウンター裏の戸口から廊下へと歩きだした。「叔父《おじ》さん自慢の品さ。不景気のいまでも、一千万円以上もする腕時計が入荷するなんてめったにない。運よく、うちは格安で手に入れたんだけどね。簡単に売れないことはわかってるけど、わざわざ毎日お客さんから見える場所に飾っておくんだよ。高価な物を誇りたがるなんて、バブル気分が抜けきらないんだな」

莉子も歩調をあわせてきた。「店長室にあったダイヤの指輪も？」

「いや。あれは叔父さんの私物だよ。昭和五十年代に買ったって」

「え？　でもどう見ても女性用……。結婚指輪かな」

「当たり。だけど、叔父さんが最初に買った指輪は、もっと小さなダイヤでね。文房具屋だった叔父さんにとっちゃ、なけなしの金をはたいて奮発したんだろうけど、世間ではごく常識的な値段のやつだった。それを未来の奥さんに贈ろうとしたのに、鑑定書がなかったせいで婚約者の親族から疑いを持たれてしまった」

「疑いって……。指輪は本物だったんでしょう?」

「もちろん本物だよ。でも叔父さんは自営業者だったし、両親も田舎に残してひとりで上京してたから、胸を張って反論してるつもりでも世間はそう見てくれなかったってさ。最初から結婚に反対してた向こうの親族が、ここぞとばかりに婚約者に吹きこんでね。まるで偽物の指輪を贈ろうとしていたかのように非難されて、半ば強制的に別れさせられたって」

莉子は憂鬱《ゆううつ》そうに視線を落とした。「ひどい話」

「叔父さんは猛勉強して宝石鑑定士の資格をとってね。それを生かすために質屋を開いた。元婚約者の親族ばかりか、両親までが眉《まゆ》をひそめたらしいよ。セブン銀行なんて、ヤクザの稼業も同然だって」

「セブン銀行?」

「コンビニのATMとはなんの関係もないよ。昔は質屋がそんな隠語で呼ばれてたんだ。ほかにも七ツ屋とか、セブン屋とか、一六銀行なんて俗称もあったってね。叔父さんは死にもの狂いで働いて、あの店長室にある大粒のダイヤを手にいれた。今度こそ立派な鑑定書つきだった。もういちど婚約者にアタックするつもりだったんだな。けどそのころには、相手は別の男性と幸せな日々を送ってた」

「可哀想《かわいそう》。いまは香河崎さん、どなたか奥さんが……？」

「いないよ。五十も半ばを過ぎてからは、さすがに結婚はあきらめたってさ。おかげであの歳にして独り身でね。子供がいないぶん、僕にはがみがみ口うるさいんだよ」

「そう……。鑑定に強いこだわりをしめすのも、そんな過去のせいなのね」

「さあ。偏屈なのは生まれつきかも。とはいっても、心をこめたプレゼントが偽物扱いされたうえに、失われた信頼も戻らなかったんだから、なかなか人と打ち解けないのも無理ないかな。おかげで凜田さんにも初日から窮屈な思いをさせちゃったけど、きっとそのうち慣れるから」

莉子は笑みを浮かべた。「だいじょうぶ。わたしの責任で努力して、香河崎さんに鑑定家だと認めさせなきゃ」

底辺から這《は》いあがった人だけにポジティブ思考だな。駒澤は心のなかでそうつぶやきながら、分厚い鉄製の扉の前に立った。

特別にあつらえたこの戸口の向こうは、高価な品ばかりがおさめられる保管室になっていた。もっとも、廊下を間仕切りして、両側の壁に棚を並べただけではあるが。それでも窓のない袋小路も同然の空間は、常時エアコンが稼働し湿気が除去されていることもあり、あらゆる品物をストックしておくのに最適だった。駒澤は腕時計を金庫におさめ、莉子とともに保管室をあとにした。

店の正面エントランスはすでに施錠済みだった。ふたりで売り場の裏に向かう。従業員は倉庫の通用口から退店することになっていた。

その倉庫では若い従業員たちが、何着ものジーンズをゴミ袋に詰めこんでいる。ヴィンテージ物っぽいラベルが刺繍《ししゅう》してあるが、あからさまに偽物とわかった。

駒澤は莉子に説明した。「僕と叔父さんの留守中に、店員が偽物をつかませられちゃってね」

莉子は驚いたようすだった。「ゴミにだすんですか」

「近くの集積所は夜のうちにだしても問題ないんだ」

「いえ。そういう意味じゃなくて……」

「どっかに転売したんじゃ僕らも同罪だよ。たとえ誰かに無償で寄付しても、偽物がでまわったんじゃまた売られる恐れがある。だから、うちじゃ即刻処分。常連客ならみんな知ってるよ」

通用口の脇には警備員が立っている。顔見知りの制服に軽く頭をさげて通り抜けた。

ひんやりとした秋の夜風が全身を包んだ。都内の感覚ではまだ宵の口というのに、代官山の住宅街には静寂ばかりが漂う。住民の上品な暮らしぶりに響くノイズは、東横線の走行音。もの音もそれだけだった。

「じゃあ」駒澤は莉子に声をかけた。「明日《あした》もまたよろしく」

「ええ」莉子がにっこりと微笑んだ。「いろいろ教えてくれてありがとう。また明日ね」

踵《きびす》をかえして歩き去る莉子の背に、長い髪が揺れていた。駒澤は無言で見送った。

彼女のおかげで、きょうの店内はどことなく明るかった。ぎすぎすした空気の充満する質屋を、清涼の風が吹きぬけた気がする。こんな一か月も悪くないな、駒澤はひとりそう思った。

翌朝も秋晴れの空がひろがった。莉子は東横線に乗って代官山駅に向かった。激しく混んでいるのは金曜だからか、それともこの路線はいつもこうなのか。ふらふらになりながらジャック・オブ・オールトレーダーズに出勤する。

店はすでに開いていて、売り場には従業員がいた。

「おはようございます」莉子はあいさつした。「駒澤さんは？」

店長室ですよ、と従業員が応じる。莉子はカウンターのなかに入り、扉をノックした。しわがれた声が、どうぞと応じる。香河崎店長もすでに仕事を始めているようだった。

扉を開けて真っ先に目に飛びこんできたのは、大柄な男性の背中だった。デスクの前で猫背になり、なにかに見いっている。オーダーメイドっぽい仕立てのいいスーツに、頭髪は不釣り合いなリーゼントだった。もっとも、それだけ特徴的なルックスを誇る人物はひとりしかいない。

男性が眺めているのは、例のシャネルのバッグだった。白手袋を嵌《は》めた両手でバッグをさかんに回転させている。

椅子に座って見守る香河崎と、その傍らに立つ駒澤に対し、男性はやや気取った声を響かせた。「お気の毒ですな。こりゃ偽物です。よくできてますが」

莉子は声をかけた。「菊野《きくの》さん？」

銀座の有名なブランド買取店を経営する菊野は、身体を起こして振りかえった。一重まぶたに口ひげ、怪訝《けげん》そうな表情はすぐに親しみのある笑顔に変わった。

「これはどうも！」菊野はいった。「おひさしぶりですな。なんだ、香河崎さんも人が悪い。凜田先生がおいでじゃないですか。私をわざわざ呼びつけたりして、鑑定技能のテストですか？」

香河崎は気まずそうに目を泳がせた。「いや、そんなつもりじゃないが……」

すぐさま駒澤が菊野に告げた。「凜田さんが偽物って鑑定したけど、叔父《おじ》さんが念のために別の専門家にみてもらおうって」

菊野が笑って首を横に振った。「凜田先生なら絶対に信用できますよ。なんたって万能鑑定士だし」

莉子は戸惑いがちにつぶやいた。「肩書きってわけじゃないですよ……。店名でしかないし」

「あー、そうでしたね。チープグッズの瀬戸内店長が、お店の名付け親でしたな。ちょっと大袈裟《おおげさ》なネーミングもあの人らしいと思ったけど、凜田先生のその後はまさに店名に恥じぬご活躍ぶりですよ」

香河崎が咳《せ》きばらいをした。「こんなに出来のいい偽物はめったに見かけん。どこの誰が作った？」

ふむ、と菊野は手袋を外しながら応じた。「スーパーコピーをも超える最上級品といえるでしょうが、そのぶん大量に作られているみたいです。最近では二万円ほどで買えますよ。上海《シャンハイ》でね」

「たまげたな」香河崎が唸《うな》った。「箱や布袋もセットでか」

「そうです。ただし、上海の業者が売ったときには製造番号は空欄だったはずです。印字された数列はもっともらしいし、活字体も本物と変わりありません。持ちこんできた人間が手を加えたのかも。贋作者《がんさく》ではないにせよ、かなりの目利きのしわざでしょうな」

「よくわかった」と香河崎は仏頂面でいった。「どうもご苦労さん」

では、と菊野が会釈をする。駒澤にも頭をさげてから、莉子にあいさつしてきた。またお会いしましょう、菊野はそういった。莉子もおじぎをかえした。

菊野が退室すると、駒澤が冷めた目で香河崎を見た。

「ほら」と駒澤はささやいた。「凜田さんのいったとおりだ。偽物だよ」

香河崎が意地になったように声を張りあげた。「そんなことより、このハンドバッグの持ち主がきょうまた来ることになっとる。どう対応すべきか考えにゃならん」

莉子はきいた。「質入れ品だったんですか?」

「いや」と駒澤が告げてきた。「買い取ってくれと希望してきてる。品物を預けるから、じっくり鑑定してくれていいってさ」

「へえ……。めずらしいですね。お金の支払いがまだなのに、物を置いていくなんて」

「それだけ自信があったのかもな」

「ふん」香河崎が不快そうに鼻を鳴らした。「本物そっくりの偽物を安く調達してきて、わずかに手を加えて、本物と称して売る。詐欺師の常套《じょうとう》手段だ。質屋にしてみりゃ天敵以外のなにもんでもない」

そのとき、ドアをノックする音がした。

従業員が顔を覗《のぞ》かせていった。「店長。丹波彰《たんばあきら》さんというかたがおみえです。シャネルのハンドバッグを預けているとか」

さっそく現れたらしい。室内に緊張感がみなぎり満ちた。香河崎がバッグを布袋におさめ、箱に入れる。駒澤がそれを両手で抱えあげた。

香河崎はゆっくりと巨体を立ちあがらせた。「行こう」

莉子はカウンターのなかに立ち、駒澤と香河崎の接客を見守ることにした。

丹波と名乗るその男性客は、頭髪をレゲエ風のドレッドヘアにしていた。年齢は三十代半ばぐらい、浅黒く日焼けした顔には、にやけたような微笑が浮かぶ。ピンクいろのワイシャツの胸もとを開けて、金のペンダントを光らせている。
「どう？」丹波は妙に愛想よくきいてきた。「そのバッグ気にいった？　いくらにな
るかな？」
香河崎はにこりともしていなかった。「悪いが買い取れん」
「マジで？　……どうして？」
駒澤がいつもどおり控えめな口調でいった。「シャネルのカタログを参照してみま
したが、同一の物の記載が見あたらなかったんです。それで値がつけられなくて」
莉子は黙ってきいていた。偽物と指摘しないのは、質屋のルールでもある。口には
ださず、ただ買い取りを拒否するのみ。
けれども丹波は、カタログになかったという駒澤の物言いを額面どおりに受け取っ
たらしい。さして気分を害したようすもなくつぶやいた。「なるほど。前の持ち主が
特注した品かもしれないね」
思わず莉子は駒澤と顔を見あわせた。
「いいよ」丹波はシャネルの箱を受け取って床に置くと、代わりにカバンから四角い
ビンを取りだした。「これはどう？　めずらしいジャマイカ産の黒砂糖だよ。店に置
きゃ高値で売れる」

駒澤が表情を曇らせた。「申しわけありませんが、うちでは食品についてはちょっと……」

するとと香河崎が、まあ待て、そういってビンを手に取った。「キングスーンフーズか。ハロッズにも卸してる高級食品ブランドだな」

丹波はにやりとした。「さすが旦那《だんな》さん、よくわかってる。うちに六ダースほどあるから、そうだな、ぜんぶで二十万円ぐらいでどう？」

「すまんが価値まではよくわからん」

「なら」丹波は箱とカバンを携えていった。「その一本は無料《ただ》であげるから、専門家でも呼んで意見をきけば？　明日また来るよ。それじゃ」

意気揚々と退店していく丹波の背を、三人は無言で見送るしかなかった。

店長室に戻るや、駒澤が不満をあらわにした。「突き返せばよかったのに。こんなの受け取ってどうするつもりだよ」

香河崎は顔をしかめながら椅子におさまった。「高そうなブランド品だ。値段を調べるぐらいはできる」

「シャネルの偽物を持ってきた男だよ。中身が本物の黒砂糖かどうかも怪しい」

「なら鑑定だな。開封しておまえが一個舐《な》めてみろ。毒が入っとるかもしれんがな」

「なんで僕が……」

「いまや実質的な店のオーナーだろうが。若頭」

莉子はひとまず仲裁に入ることにした。「どうか落ち着いて……。コップに水をもらえませんか」

香河崎が苦い表情になった。「喉《のど》が渇いたのなら表に自販機がある」

「いえ、飲むんじゃなくて……。ほかに空《から》のコップもひとつほしいんですけど」

駒澤は扉に向かった。「すぐに持ってくるよ」

水が運ばれてくると、莉子はビンの蓋《ふた》を開けて黒砂糖をひとかけら取りだした。それを乾いたグラスにおさめ、水を注ぎこむ。

とたんに、黒砂糖から褐色の液体成分が分離しはじめた。

莉子は思わずため息をついた。「カラメルで色をつけただけの偽物です」

香河崎がぽかんと口を開けていった。「なんと、またしてもか」

コーヒー色に濁った液体を、別のグラスにゆっくりと注ぐ。普通の砂糖とも異なる異質な結晶が底に残っていた。

「グラニュー糖かぁ」莉子はつぶやいた。「糖類や糖蜜《とうみつ》を熱処理してつくるカラメル

Iならいいんですけど、これは亜硫酸を加えたカラメルⅡですね。大量に摂取すると免疫力が低下するとの説もあります」

　間髪を容《い》れず香河崎がビンを遠くに押しやった。「わしを殺す気か」

　駒澤はiフォーンのタッチパネルに指を滑らせていたが、やがて画面を莉子に向けていった。「同じ商品が売りにでてるよ。キングストンフーズの黒砂糖、たしかに高価だ。偽物に注意と書いてある」

「ほんと」莉子もうなずいてみせた。「ラベルもビンも本物ね。写真とまったく同じ。中身を偽の黒砂糖に詰め替えて封をしたんでしょう」

　香河崎が憤りのいろを浮かべた。「これではっきりした。あの丹波って詐欺師はうちをターゲットにしとる。見抜かれにくい偽物ばかりを本物と称して持ちこむのが手口だ」

　駒澤が腕組みをした。「警察に相談すべきじゃないかな」

「いかん！」香河崎は怒鳴った。「税金泥棒どもなんか頼りにならん。どうせ被害がでてからもういちど来てくれとか、高飛車な言いぐさで追いかえそうとするだけだ。話をするだけ無駄ってもんだ」

翌日は土曜だけに、午前中から店は客でにぎわった。丹波彰は、昼過ぎにやってきた。

香河崎は例によって理由を告げずに黒砂糖の買い取りを断ったが、丹波はまるでめげるようすもなく、新たに売却希望の商品をしめしてきた。

紙製の箱は、なんとも古色蒼然《そうぜん》とした前時代的な家庭用ゲーム機。任天堂スーパーファミコンだった。

こんな物はゲオか千葉鑑定団にでも行けばジャンク品扱いでごろごろしている、と駒澤が苦言を呈したが、丹波は特別な一品だと主張してきた。一九九〇年十一月に発売された最初期の出荷分で、説明書も付属品も完備。本体をビニール袋からだしてもいないという。

駒澤から目でうながされ、莉子は箱を開けにかかった。「拝見します」

丹波ははじめて莉子に対し質問してきた。「あなたは誰？　こんな美人が質屋さんにいたなんてね」

「鑑定業の凜田といいます」莉子は本体を取りだして裏がえした。「たしかに初期ロットの箱ですが、中身は違います」

「ほんとに？　箱の写真とまるっきり同じだよ」

「底部を見ればわかります。初期のタイプなら、本体をわずかに浮かすための四つの脚部がゴム製です。でもこの脚はプラ成形、国内工場で生産しなくなった後期以降の物です」

「ほんとに？　まいったなー。中身が入れ替えられてたなんて、俺もすっかりだまされてた。あ、でも、最後にもうひとつだけ見てよ。絶対に高値で売れるから」

床に置いたカバンにかがみこむ丹波に対し、香河崎が身を乗りだしていった。「いいかげん遠慮してくれんか。これ以上は面倒みきれん。ほかに持っていってくれ」

ところが、立ちあがった丹波が手にした物を見た瞬間、香河崎の表情は凍りついた。丹波が差しだしたのは、透明なアクリルケースに入った大粒のダイヤモンドだった。ブリリアントカットを施された石は、二カラット以上あると思われた。店内の照明を複雑に屈折した光線に変えて放射し、七色の輝きを帯びる。

香河崎は憑《つ》かれたかのごとく、押し黙ってダイヤを見つめていた。

駒澤が声をかける。「叔父《おじ》さん……」

「待て」香河崎は専用のルーペを取りだすと、片目にあてがってダイヤを観察しはじめた。

ほどなく香河崎は顔をあげた。「見事なもんだ。色合い《カラー》もDで透明度《クラリティー》もVVS1、いずれもグレードの高い特上品だな」

「でしょう？　さすがお目が高い」丹波は書類を取りだした。「鑑定書もあるよ。この大きさなら六百万円は下らないね」

「たしかにな。……わし自身、ダイヤには詳しいが、こいつはもっと細かく調べにゃならん」

「どうぞ」丹波は余裕たっぷりの笑顔でうなずいた。「いつものように預けますよ。納得いくまで鑑定してください。今度こそ正真正銘の本物と断言できますから」

丹波が帰ったのち、三人で店長室に戻ったとたん、駒澤は強い口調で非難しだした。「叔父さん。そんな怪しい物を預かるなんて不注意だって。僕らのほうで偽物にすり替えたって主張されたら、どうするつもりだよ」

香河崎はデスクについて、引き出しから宝石鑑定用のキットを取りだした。「一日かそこらで模造品が作れんことは、向こうも承知してるだろ。難癖をつけるのが目的とは思えん。それより、こいつは本物の可能性がある。鑑定書も付いてるしな」

「そんなのシャネルのギャランティカードと同じだよ。偽造かもしれないだろ」

「ダイヤについちゃ、おまえの人生よりずっと長く勉強してきた。まあ黙って待っとれ」

駒澤が当惑ぎみに莉子を見つめてきた。莉子も駒澤を見かえした。

過去を鑑《かんが》みれば、香河崎がダイヤに特別な執着心を覗《のぞ》かせる理由もわからないではない。本物であれば決して見過ごしたくないのだろう。しかし、詐欺師はそんな熱心さにつけこんでくる。専門家だからこそ欺かれるケースも世に存在する。

香河崎はさまざまなツールを駆使してダイヤを調べていたが、やがて満足がいったらしく椅子の背もたれに身をあずけた。「ダイヤは最も硬い物質だから、角が摩耗して丸くなることはない。つぶさに観察したが、エッジも鋭くて模造品とは違っておる。ジルコニアのようにぎらつかず、もっと上品な輝きだ。屈折率もこの質量にして正確。まぎれもなく本物だ」

駒澤が面食らったようにつぶやいた。「まさか。本当に？」

莉子のなかで猜疑心《さいぎしん》が肥大化していった。デスクのペン立てから油性ペンを引き抜くと、香河崎にきいた。「お見せ願えますか」

香河崎は眉間《みけん》に皺《しわ》を寄せた。「ふん。素人考えだな。本物なら油性ペンで線が書けるってか。偽物は油を弾《はじ》くから書けん。だが、そんな子供じみた手を使わんでも、もう結論はでとる」

「それでも試させてくれませんか」

「馬鹿をいうな。ダイヤの親油性を甘く見てもらっちゃ困る。指で触っただけでも輝きが失われるしろものだぞ。中性洗剤でインクを取り除くのに、どれだけの慎重さが必要になると思う」

「わたしが責任を持ってやりますから」

「駄目といったら駄目だ。わしの目が節穴だとでもいうのか。いいから、そんな物はしまえ」

押し問答が小競り合いの様相を呈しだしたそのとき、駒澤が両者のあいだに入って、素早くダイヤと油性ペンを奪いとった。

「あ」香河崎が声をあげた。「直哉。何をする」

駒澤はためらうようすもみせず、ペン先をダイヤの表面に走らせた。

それから、ふうっとため息をつき、ダイヤを香河崎の鼻先に突きだした。「書けない」

「なんだと!?」香河崎は衝撃を受けたようすだった。駒澤から油性ペンをひったくり、信じがたいという顔でそっとダイヤにペン先をあてがう。

ダイヤの表面にインクがまるで付着しないことは、莉子にも見てとれた。

香河崎の顔は真っ赤に染まっていた。「こりゃいったいなんだ。ありえん！」

「いいえ」莉子はいった。「C17カーボンコーティング、最新のダイヤ模造製法です。表層に特殊な膜を張り、プロの鑑定法のチェックポイントすべてをクリアするよう、性質が調整してあります。さらに、水滴を弾いたり、息を吹きかけてもくもりがすぐに消えたり、簡単に試せる方法にも対処がなされています。ところがそのぶん、ごく初歩的で専門家が試さない手段に欠点が表出するんです。油性インクがつかないし、冷蔵庫に長くいれればくもりも消えにくくなります」

「……そんな物ができたってのか。これがそうだと？」

「叔父さん」駒澤が穏やかにたずねた。「油性ペンで書けないダイヤなんてある？」

香河崎はなおも納得できないというように、ルーペをしきりに覗《のぞ》きこんでいたが、やがて憤りをあらわにしてダイヤをケースに投げこんだ。

「もういい」香河崎は立ちあがった。「どいつもこいつも、わしを馬鹿にしおって。おまえらの好きにすればよかろう」

駒澤がきいた。「警察に連絡しても？」

「駄目だ！」香河崎は巨体を揺すって扉に向かった。「表《おもて》にパトカーなんか停まったら質屋の面目丸潰《つぶ》れだ。絶対に通報などするな。逆らったらクビにするぞ」

戸口をでた香河崎が、後ろ手に扉を乱暴に閉める。騒音とともに壁が大きく揺らいだ。

莉子は困惑した。香河崎の自尊心を傷つけるつもりなどなかった。それでも、出向中の鑑定家としては真実を告げずにはいられない。

駒澤が静かにいった。「気にしないで。偽物に翻弄《ほんろう》されるのは、これが初めてじゃないし。……こんな悪質な客はめったにいないけど」

陰鬱《いんうつ》な空気が室内に漂う。もし丹波に店への出入り禁止を申し渡しても、ほかの人間に偽物を持たせて送りこんでくるかもしれない。いや、詐欺師だけにきっとそこまで考えているだろう。知能犯のなかでも厄介なタイプに目をつけられたものだった。

携帯電話が短く鳴った。駒澤がケータイを取りだして液晶に目をやる。「出張鑑定の依頼だ。店のウェブサイトのメールフォームから送られてきてる」

「出張？」莉子はたずねた。「どこへ？」

「千葉県佐倉《さくら》市。さいわいにして近場だ。日帰りどころか半日で済むよ」

翌日は日曜だった。押上《おしあげ》駅は東京スカイツリー見物が目当ての人々で混雑している。曇り空だが薄日が差していた。きょう一日ぐらいは天気ももつだろう。

莉子は地下に伸びる駅構内への階段で、駒澤と待ち合わせをした。日曜というのに駒澤はいつもどおり、店名入りの黒シャツのユニフォーム姿だった。莉子がそのことを指摘すると、仕事だからね、駒澤はそういって笑った。

快速電車で京成本線をひたすら東に向かう。千葉に入ったころには、乗客の数もかなり減っていた。

電車に揺られていると、駒澤が莉子を見つめてきた。「出張鑑定にまで付きあってくれなくてもよかったのに。なんだか悪いね」

「とんでもない」莉子は笑ってみせた。「質屋さんに売りこまれる物はぜんぶ見なきゃ。そのために呼ばれてるんだし」

京成臼井《うすい》駅はホームも駅舎もそれなりに年季が入っているものの、快速が停まる駅だけに規模は都内とさほど変わりない。駅前も栄えていて、都心を離れたという実感には乏しかったが、駅ビルらしきものは存在しなかった。改札をでてすぐ外にイオンやパチンコ屋がある。線路に沿って住宅街を北東に向かい、遮断機を横断すると、ふいに視界が開けた。

広大な印旛沼《いんばぬま》に隣接する田園地帯は稲刈りも終わり、剥《む》きだしの土が彼方《かなた》まで波打っている。秋雲が幾層にもたなびく空の下で、ぽつんと存在するオランダ風車がときおり羽根をきしませながら、微風に吹かれゆっくりと回転していた。

売店の前は賑《にぎ》わっていたが、サイクリングロードから外れて沼のほとりへでようとする物好きは皆無のようだった。頭上高くまで伸びきった雑草が隈《くま》なく生い茂る湿地帯は、たしかに人を歓迎しているようには見えない。

だが莉子がここまで来たのは、まさしくその叢《くさむら》に足を踏みいれるためだった。鬱蒼《うっそう》としたそのエリアを前に立ち尽くしていると、駒澤が小さな物体を手渡してきた。「これ使って」

それは手首に嵌《は》めて使うタイプの、金鳥の〝おでかけカトリス〟だった。

「ありがとう」莉子は笑った。「たしかに蚊が多そう。いい勘してる」

駒澤が雑草を掻《か》き分けて歩きだした。「これぐらい標準装備だよ。質屋の出張ってのは、山奥のとんでもないところに行かされたりするからね。廃校に置きっぱなしになっているピアノを見るためだけに、登山する羽目になったり」

「へえ……」

過酷な環境という意味では、ここもかなりの難所だった。歩くたび地面がぬかるんで柔らかくなっていく。少しずつ沼に近づいているようだ。

やがて、一メートルほどの高さの台座に、さらに一メートルの石像が立っている場所にでた。ここの周りだけ、草がいくらか刈りこんである。

「菩薩《ぼさつ》像？」と駒澤がきいた。

「いえ。袈裟《けさ》だけだから如来像。菩薩なら装身具を身につけてるし」

駒澤はiフォーンの画面を眺めた。メールをチェックしているらしい。「依頼があったのはこれだな……。質入れ希望だって」

「持ち主からの依頼なの？」

「そういってるよ。笹森健三《ささもりけんぞう》さんって人。僕らが現物を調べ終えたら、近くのホテルのラウンジで落ち合いたいって書いてある。そこで鑑定結果をきくって」

莉子は如来像の背後にまわった。台座に刻まれた文字が見つかった。〝明治二十三年六月十七日　笹森総一郎《そういちろう》寄贈〟とある。

笹森さん……か。依頼人の家系かもしれない。贈った物らしいが、売るにあたってここの地権者の了解は得なくていいのだろうか。

莉子は駒澤とともに如来像とその台座を、デジカメで撮影しまくった。時代も新しいし、名のある彫刻家の作品でなければ価値もさほどつかないだろう。調べるには文献をあたらねばならない。四街道《よつかいどう》市立図書館なら日曜にも開館しているという。依頼人との待ち合わせに間にあえばいいが。

午後四時、駒澤はユーカリが丘駅に直結したヨーロッパ風の瀟洒《しょうしゃ》な建物に入った。

住みやすいと評判の新興住宅地だけに、中心となる駅前のホテルは上品な佇《たたず》まいで、従業員の応対も親切丁寧だった。二階のエスカレーターまわりがラウンジになっていて、コーヒーを注文できる。莉子とともにテーブルにつき、依頼人の到着を待った。

駒澤は首をひねらざるをえなかった。あんな場所に放置されていた如来像を質入れしたいなんて、いったいどんな事情だろう。希望額はいくらと見積もっているだろうか。

約束の時刻を十分ほどまわったとき、ホテルの女性従業員がハイヒールの音を響かせて近づいてきた。

「ええと」女性従業員はメモを片手に、穏やかに呼びかけてきた。「ジャック・オブ・オールトレーダーズ様……」

「はい？」と駒澤が応じた。

従業員が微笑とともに告げた。「笹森様から伝言がございます。大事な会議が長引いてしまい、申しわけありませんが到着が遅れます、とのことです」

「遅れる？　どれくらい？」

「また連絡を入れます、としか……。ロビーでお待たせするのも悪いので、部屋をおとりしますのでお使いくださいとのことです。シングルルームを二部屋、笹森様のご予約により、ご用意させていただいております」

「このホテルの部屋ってこと？」

「はい。お支払いは笹森様がなさるとのことです。よろしければお部屋までご案内いたしますが」

差しだされた二本のキーを、莉子は呆《あき》れ顔で眺めた。「ツインひと部屋じゃないのは気がきいてるけど……」

駒澤が頭を掻きながらいった。「女性の鑑定家がひとり同行しますって、返信のメールで伝えておいたからね。でも少し待たせるだけなのに、またずいぶん気前がいいんだな」


少しどころではなかった。

莉子は日没後も数時間、ホテルのシングルルームに缶詰になり、ひたすらデジカメの写真と鑑定用のノートを見比べながら時間をつぶす羽目になった。

内線電話で何度か、隣りにいる駒澤と話したが、まだ依頼人の笹森からの連絡はないという。ホテルのフロントにも問いあわせてみたが、答えは同じだった。

窓の外を眺める。闇に包まれたユーカリが丘駅の北口前ロータリーはひっそりとして、タクシープールにすら車両はほとんど見当たらない。向かいのワーナーマイカルのシネコンも、営業を終了したようだった。

ベッドの脇の時計に目を向ける。午前零時近い。終電の時刻はとっくに過ぎている。笹森さん、いったい何の会議をしているのだろう。というより、そもそもどんな仕事をしている人物なのか。

こんなに遅くなるとわかっていたら、ホテルに留《とど》まったりしなかった。いまにも連絡があるかもしれない、そんな状態がずっとつづいていまに至る。たしかに宿泊できる環境にある以上、寝る場所に困ることはないが、明朝も仕事があるんだし……。

明朝。莉子の胸になにかが引っかかった。

その違和感はたちまち身体全体に広がり、脳へと突きあげてきた。莉子は頭に手をやった。そうだ。でもまさか……。いや、きょうは月の第二日曜。明ければ第三月曜。やっぱりそれしか考えられない。

莉子は内線電話の受話器をつかみあげ、隣りの部屋の番号をプッシュした。呼び出し音が反復する。三回、四回、五回。ここと同じく狭い部屋だというのに、駒澤がでない。

ぐずぐずしてはいられなかった。莉子はドアを開け放って廊下にでると、隣りのドアに駆け寄った。チャイムを鳴らし、何度となくノックをして呼びかけた。「駒澤さん！　寝ちゃったの？　起きて」

やがて鍵《かぎ》が外れる音がして、ドアが半開きになった。

駒澤はバスローブ姿だった。長い髪が濡《ぬ》れて水滴がしたたり落ちている。どこか呑《のん》気《き》に思える物言いで、駒澤はきいてきた。「どうかした？」

「シャワー浴びてる場合じゃないってば。悪いんだけど、電車はもう動いてないからタクシー代立て替えてくれない？」

「いいけど……。どこへ行く気？」

「戻るの。都内に。代官山に」

「うちの店にか？　でも、依頼人の笹森さんはどうする。ほうっておいていいのか」

「その笹森さんに会いに行くのよ」莉子はいった。「急いで。一秒でも惜しいの。いますぐお店にワープしたいぐらいだから」

閑静な高級住宅街とはいえ、完全に人目を避けるとなると、夜半過ぎではまだ早い。

代官山駅に停まる電車は午前一時近くまでである。それまでは角からふいに通行人が現れたり、自転車が駆けてきたりすることもまばらにあった。

計画段階から決まっていたこととはいえ、今夜はこちらに分《ぶ》がある。日曜の夜は原則的に人が早く寝静まるからだ。

午前二時をまわった。さすがに辺りにひとけはない。結果がどうあろうと、行動を起こすべきはいまだ。あと一時間もすれば、早起きの新聞配達のバイクが走りだす。

街路灯がおぼろに照らしだすゴミ集積所に走り寄る。大きなタンク状の蓋《ふた》を開けると、口を固く縛ったゴミ袋がいくつもおさまっているのが見てとれた。

懐中電灯を差し向ける。こんなとき、透明と指定されているゴミ袋はじつにありがたい。中身が一見してわかる。目当てのものはすぐに識別できた。ビニールテープが何重にも巻かれた隙間から、独特の輝きが覗《のぞ》いていたからだった。

袋をつかみあげて、無造作に破く。箱におさめずに捨てるとは愚かな。いや、箱は不燃ごみに分別されないからだろう。それもこちらの読みどおりだった。

有頂天になってビニールテープを剝《は》がし、手のなかにすっぽりおさまる戦利品を眺める。勝った。誰ひとりとして俺の猛進を止めることはできなかった。計画は無事完遂した。

高揚した気分はしかし、その瞬間をピークにして潰《つい》えた。目もくらむようなLEDの強烈な白光が浴びせられる。思わず息を呑《の》み、凍りつかざるをえなかった。

駒澤が持参したLEDライトが照射する先、質屋の裏に位置するゴミ集積所ですくみあがる人影を、莉子は黙って見つめていた。

「こんばんは」莉子は静かにいった。「というより、二時過ぎですから、おはようございます。丹波彰さん。笹森健三さんとお呼びすべきでしょうか」

丹波の両目は、まさしく眼球が飛びだしそうなほどに大きく見開かれていた。その表情は、驚愕《きょうがく》の瞬間を再現した蠟《ろう》人形のごとく硬直してみえた。

照明に対し、丹波の手もとが七色の光線を放射している。駒澤がつかつかと歩み寄った。

依然として固まったままの丹波の指先から、駒澤はショパールの腕時計を奪った。

駒澤が戻ってきて、莉子にそれをしめす。文字盤に天然ダイヤを鏤《ちりば》めたK．R．V。本物に間違いなかった。

「……ど」丹波は蚊の鳴くような声でささやいた。「どうして、ここに……。あんたらが……」

莉子は告げた。「きょうは第三月曜の朝、つまり渋谷区代官山町の不燃ごみ収集日。当然現れると思ってました。時間的には危うかったけど、最も人目につかない午前二時まで待つかも、そこに賭《か》けて都内にとんぼ返りしたんです。正解でしたね」

駒澤が丹波をまっすぐに見つめ、冷静な口調で告げた。「これはうちの物なんでね。返してもらうよ」

「ご、誤解だ」丹波は滝のような汗を滴らせながら弁明してきた。「ショパールなら、ちゃんとあんたの店にあるよ。調べりゃわかる。それは正真正銘、俺の物だ。知り合いにきいてくれ。何十人という友達が、俺の持ち物だと知ってる。さんざん自慢してきたからな、ははは」

乾いた笑いが空虚に響く。莉子は覚めた気分でうなずいてみせた。「たしかにあなたはショパールのK．R．Vの持ち主でしょう。いま、お店にも同じ腕時計が一個ある」

「だろ？　何も問題ないじゃないか」

「いいえ。あなたがいまゴミ袋から取りだしたのは、お店が所有するK．R．Vです。そして、店内に置いてあるK．R．Vがあなたの物です」

「それも」駒澤はポケットから小さな箱を取りだした。「ここに持ってきてるけどな」

箱が開けられる。まったく同一のショパールの腕時計が光り輝いていた。

丹波は、しまったというように頬筋をひきつらせた。

莉子はいった。「さっき表《おもて》から店に入って、伝票をチェックしました。丹波さん、きょうの昼ごろにお店を訪れて、香河崎店長にこの腕時計を預けましたね。前日のダイヤは偽物だったけど、今度こそ本物だって。しかも、今回に限りそれは事実だった。あなたは本物のショパールを持ってきたんです」

駒澤がため息まじりにつぶやいた。「あんた、ショーケースのなかに同じショパールがあるのを知ってたくせに、わざと気づかないふりをしたんだな。叔父《おじ》さんはあんたが帰ったあと、店にあったショパールとじっくり見比べて、何から何までまったく同じだと確認した。そして頭を抱えちまった。本物そっくりの偽物を持ちこむ手口のあんたが持ってきた品と、まるっきり同一である以上、店にあったほうも偽物としか考えられなかった。もともと運よく格安で入手した物だけに、万が一にも偽物だったらって不安も、なきにしもあらずだったからな」

莉子はその先をつづけた。「偽物はゴミ収集日にだされる運命だってことを、常連客の誰もが知ってる。ヴィンテージ物のジーンズですら、偽物と判明すればまとめてゴミ袋に詰めこまれる。そのことはあなたの耳にも入ったんでしょう。もともと、店に飾ってあるショパールと同じ物を持つあなたは、コレクションをふたつに増やすためにこの計画を実行に移した。最後はゴミ袋からひとつ回収、そして翌日以降、店に預けてあったもうひとつを返却してもらえばいい。もし香河崎さんがハンマーで叩《たた》き壊してからゴミにだしたとしても、頑丈なつくりのK．R．Vはせいぜいカバーのサファイアガラスが割れるだけ。二十万円も払えば交換修理できる」

香河崎に少しずつ動揺を与え、最終的に精巧な偽ダイヤモンドで自信を喪失させようとした。策略から察するに、丹波は香河崎が宝石鑑定士だと調査済みだったのだろう。莉子はそう思った。ムラーノ探偵事務所がわたしの過去をつぶさに拾いあげる世のなかだ、犯罪者が同じ手でターゲットのプライバシーを暴いてもふしぎではない。

店を何度か訪ねて、高齢の香河崎に狙いを定めた丹波は、決戦の日には邪魔者を排除することにした。それでウェブサイトのメールフォームから、駒澤に対し出張鑑定の依頼をいれた。丹波は如来像を寄贈した笹森家とは縁もゆかりもない。ただ都内から離れた場所に、莉子たちを誘いだせればそれでよかった。ただ、あまりに遠方だと出張を断られる。千葉県佐倉市は適度な距離感、そう考えたのだろう。

丹波にしてみれば、これまで彼を担当しなかったほかの従業員はまるで脅威とならない。一千万円のショパールの持ちこみとなれば、店長の香河崎が応対することはあきらかだった。

途中で計画につまずいても罪には問われない。もし香河崎がだまされず、腕時計を本物と鑑定したとしても、丹波はただそのまま返却を求めるだけでいい。計画は失敗に終わるが大きな損失もない。巧妙な手口だった。

駒澤は、腕時計のひとつを丹波に投げた。丹波はあわてたようすでそれを受け取った。

「あんたの腕時計」駒澤がささやいた。「たしかに返した。ほんとは警察に突きだしてやりたいけど、店の前にパトカーが停まっちゃ迷惑だって、叔父さんもいうからな」

丹波が震える声できいた。「み……見逃してくれるのか?」

「海外でシャネルやダイヤの偽物を買い揃えたうえに、きょうのホテル代。少なくとも十万円以上は損してるだろ。罰金だと思って、その苦味をよく味わっとけよ。もう店には近づくな」

しばしのあいだ、丹波は気まずそうな笑いを浮かべてたたずんでいた。やがておろおろと辺りを見まわし、ひきつったような叫びを短く発すると、脱兎《だっと》のごとく逃げだした。未明の市街地の暗がりを一目散に駆け抜け、彼方《かなた》へと消えていった。

静けさの戻った住宅街で、駒澤がため息をつくのが莉子の耳に届いた。

駒澤はLEDライトを消して、莉子に問いかけてきた。「叔父さんにどう報告する?」

「……いわなくていいんじゃない?」莉子は思いのままを口にした。「失ったものは何もないんだから」

陽が昇り、開店の時刻をいくらか過ぎたころ、駒澤は店長室でデスクの前に立っていた。

革張りの椅子におさまった香河崎は、デスクに肘《ひじ》をついて、片手で目もとを押さえている。ため息を繰りかえし、ときおりぶつぶつとなにかをつぶやいた。

扉をノックする音がした。黙りこくる香河崎に代わり、駒澤が返事をした。「どうぞ」

入室してきたのは莉子だった。おはようございます、そう告げた直後、笑顔が曇った。香河崎の憔悴《しょうすい》しきったようすが気になったのだろう。

莉子が声をかけた。「香河崎さん……?」

駒澤はつぶやいた。「たったいま、すべて説明し終わったよ。けさの出来事を」

「えっ⁉」莉子は目を瞠《みは》った。「で、でも、それじゃ……。あのう」

するとと香河崎が手をデスクの上に投げだし、視線を落として唸《うな》るようにいった。

「いや。いいんだ。おまえさんらのやったことは正しかった。わしの目にはなにも見えとらんかった」

室内に森閑《しんかん》とした時間が流れた。今度の沈黙は長かった。

やがて香河崎が駒澤を見あげた。「ところで、腕時計を取り返したのはりさの二時ごろといったな？　それまでふたりで、どこで何をしとった」

「それは」駒澤は咳《せ》きばらいをした。「そのう。千葉のホテルで……」

「なに。ホテルだと⁉」

莉子があわてたようにいった。「部屋はふたつです」

「まったく」香河崎は重そうに腰を浮かせた。毒を吐くことによって、いつもの調子を取り戻そうとするかのように、香河崎は愚痴っぽくこぼした。「だいたいきのうも、おまえが留守にしなきゃこんなことにはならんかった。若頭なんて呼ばれてうつつを抜かしてないで、もっと自覚を持て」

部屋をでようとする香河崎に、駒澤は冷静に抗議した。「僕はいいけど、凜田さんにはちゃんと感謝をしめしたら？　大損するところだったんだよ。特別手当をはずんでもいいぐらいだ」

「特別手当か」と香河崎は莉子を振りかえった。「なら手をだして」

莉子が戸惑いのいろを浮かべながら片手を差しだした。

香河崎はキャビネットから何かをつまみとった。莉子の指先になにかを這《は》わせる。そして香河崎が退いたとき、莉子の中指に大粒のダイヤが光っていた。

さすがに驚きを禁じえない。駒澤は息を呑《の》んだ。莉子も目を丸くしている。

ひとり香河崎だけは、ふだんと同じく皺《しわ》だらけのはっきりしない表情のまま、飄々《ひょうひょう》と告げた。「やっぱり、あれより指が細いな。薬指用だったのに、中指でちょうどいい」

叔父のあまりに意外な挙動に、駒澤は問いかけざるをえなかった。「叔父さん。これ……」

香河崎のとろんと垂れさがった両目は、いままで見たこともないほど穏やかで澄んでみえた。「もうあげた物だ。本物の価値がわかる人間にもらわれたほうがダイヤも幸せだろ。さあ、そろそろ客がくるぞ」

さっさと立ち去ろうとする香河崎に、莉子は礼を述べようとしたに違いなかった。しかし、言葉にならないようすだった。ただ潤みだした瞳《ひとみ》で香河崎の背を見送るだけだった。

無理もないと駒澤は思った。甥《おい》の僕が絶句せざるをえないのだから。

叔父が退室したあと、駒澤はようやく莉子に声をかけた。「行こう。仕事が待ってるよ」

「ええ」莉子は指先ですばやく目もとをぬぐって、微笑をかえしてきた。

刺激のない毎日と思っていたが、そうでもない。こんな劇的な変化に出会えた。彼女がきてくれてよかった。たった数日で、いままでとは異なる未来を歩んでいるのだから。

第2話　水晶に秘めし詭計

KEISUKE MATSUOKA
STORY COLLECTION OF ALL-ROUND APPRAISER Q
KADOKAWA BUNKO

十七日、月曜日。午前九時。けさも駒澤直哉《こまざわなおや》は代官山のジャック・オブ・オールトレーダーズに出勤した。

開店直後でまだ客の姿がない。早番の従業員たち数名がショーケースを整理したり、ガラスを拭《ふ》いたりして、いささか緩慢な朝の風景がつづく。

エントランスの脇で古書コーナーを開いている、人のよさそうな友岡《ともおか》という五十代の男性業者も、その手狭なスペースに本をぎっしりと積みあげていた。

地価の高い駅周辺で、J.O.Aの店舗面積は広いほうに含まれる。よって、委託販売や売り場の一部をレンタルしたいという、外部からの依頼も頻繁《ひんぱん》にあった。

求めに応じて半年ほど前から、店に入ってすぐ傍《かたわ》らの空いている場所を、業者向けに貸しだしている。先月は健康食品の販売がエントリーしていた。いまは友岡古書の看板が立てかけてある。

駒澤はそこに歩み寄って、友岡に声をかけた。「どうですか、商売のほうは。順調?」

地味なグレーのスーツを着こんだ友岡は、売り場から抜けだしてくると苦笑ぎみに応じた。「お客さんはひっきりなしに来ますよ。『あの壁の掛け軸を見せてくれ』とか『これ売りたいんだけど』とか。私としちゃ、質屋さんのレジはあっちですと答えるしかないね」

「ああ……。ひとつ屋根の下で営業してちゃ、お客さんも別会計とは思わないでしょうね」

「それでなくとも、やっぱり本はなかなか売れませんよ。絶版の古本も、ネットで簡単に探せる世のなかだしね」

品揃えがずいぶんマニアックだと駒澤は思った。古いハードカバーの洋書が大半を占める。ぼろぼろになった褐色の表紙には金文字で“Gone With the Wind”とあった。『風と共に去りぬ』か。

駒澤は肩をすくめてみせた。「こういっちゃなんだけど、英語の本じゃ買う人も限られるでしょう。売れ線のを置いてみたら?」

すると、黒いワイシャツがはちきれんばかりの巨漢がのっそりと近づいてきた。叔《お》父《じ》の香河崎慧《かがわざきさとし》が、例によって茶々をいれてくる。「くだらん漫画本や写真集を売るような輩《やから》をこの店で営業させられるか。洋書おおいに結構。店内に高級感が漂う」

「へえ」駒澤は静かにいった。「叔父さんはなんでも商売優先だと思ってたのに」

「売上がなくてもかまわん。友岡さんが払ってくれるひと月ぶんの賃料は変わらんからな」

友岡が顔をしかめた。「ひどいな、香河崎さん。いけると後押ししてくれたのは、店内の高級感とやらのためだけですか。電気スタンドも同然の扱いだ」

一同に控えめな笑い声が沸き起こる。友岡が自分の持ち場に引きかえしたとき、鑑定家の凛田莉子《りんだりこ》が入店してきた。

シフォンブラウスをまとった莉子は笑顔であいさつをした。「おはようございます」

おはよう、と香河崎がかえすなかで、駒澤はすぐさま莉子をカウンターへといざなった。朝っぱらから悪いけど、相談に乗ってくれないかな。そう声をかけた。

駒澤はハンドバッグをふたつ取りだしてみせた。「どっちも売りたいって希望で持ちこまれた物だよ。エルメスのほうは布袋がないから、新品でなく未使用品扱いってことで四十万円。それからこっち、プラダはギャランティカードがあっても空欄だったらB級品だよな？　値がつかないと判断したけど」

莉子は目を輝かせてうなずいた。「まったく同意見です。さすが駒澤さん」

香河崎が歩み寄ってきた。「わしが学ばせてやったことだ。目利きと呼ぶには経験が不足しとる」

あいかわらずの高慢な態度。やれやれと思いながら聞き流していると、店に入ってくる人影を視界の端にとらえた。駒澤は告げた。「いらっしゃいませ」

ほぼ同時に、莉子はその客を見て驚きの声をあげた。「小笠原《おがさわら》さん⁉」

大きな風呂敷《ふろしき》包みをかかえていたのは、若い男性だった。二十代半ば、長身でスリム。ほのかに褐色に染めた髪は今風に伸ばしていて、細面で鼻が高く、顎《あご》も女性のように小さい。ジュノンボーイ風のルックスながら、いかにも内気でおとなしそうな性格が覗《のぞ》く。

小笠原と呼ばれた青年は、莉子を見かえして微笑を浮かべた。「やあ、凜田さん。ここにいるってきいてたから」

駒澤の耳もとで香河崎がささやいた。「やっぱ美人はとっくにつきあっとる男がおる。残念だったな」

どういう意味の皮肉かはっきりしない。駒澤は黙って叔父を見かえすに留めた。

莉子が駒澤に向き直り紹介してきた。「こちらは小笠原悠斗《ゆうと》さん。『週刊角川』の記者さんなの。小笠原さん、こちらが香河崎店長、それから若頭の駒澤直哉さん」

はじめまして、と小笠原が愛想よく頭をさげる。駒澤もおじぎをかえした。若頭ってのはジョークなのに、誰も突っこまないのか。内心そう思った。

香河崎が小笠原にきいた。「なにか持ってきてくださったのかな」

「はい」小笠原は風呂敷包みをしめした。「質入れしたい物があって、せっかくだから凜田さんが出向中の店にと思いまして。ええと、どこに置けば……」

駒澤はカウンターの上に広げてあったカタログを脇にどけた。「ここへどうぞ」

小笠原が重そうに据えたその包みは、ボウリングのピンよりひとまわり大きかった。包装が解かれ、厚紙のカバーが取り除かれると、駒澤は思わず息を呑《の》んだ。周囲からも感嘆の声があがる。

高さ四十センチ、独特の煌《きら》めきは水晶に違いなかった。透明な女性の立像ながら、髪を掻《か》きあげ小首をかしげるしぐさは生々しく、いまにも動きだして語りかけてきそうだった。

美術名鑑でも見たことがある。それなりに有名な作品のはずだった。駒澤はおぼろな記憶をたどった。「ええと……。大正時代の彫刻だったな。たしか浜砂埦太郎《はますなこたろう》作。『風と光の女』ですね」

現代では天然水晶への彫刻はレーザー光線でおこなわれるが、その昔はきわめて慎重かつデリケートな作業が要されたという。水晶は割れやすく、ここまで繊細なフォルムを実現するには、才能ばかりか熟達した腕と時間を要したはずだ。そもそも、このサイズの立像を継ぎ目なしに切りだせるほど大きい水晶は、簡単に見つけだせるものではない。

莉子が目を輝かせながらつぶやいた。「山梨の御岳昇仙峡《みたけしょうせんきょう》、金峰山《きんぷさん》周辺で発見された水晶を、浜砂琥太郎が彫刻した作品ね……。同地では天保《てんぽう》年間に京都から職人を迎えて、水晶球の手磨り法を習得したの。明治九年になると、藤村《ふじむら》県令が甲府市に勧業所を設けて、水晶加工部を設置。中国からも技術を学んで、大正初期には電力加工も採りいれた。これは機械でおおまかな形状に刻んでから、あとは手彫りで仕上げたっていわれてる」

香河崎が唸《うな》るようにいった。「見事なもんだ。価値は如何《いか》ほどかな?」

「さあ。オークションにだせば一千万以上の値がつくかも」莉子はまだ信じられないという顔で小笠原を見つめた。「でも、どうしてこれを小笠原さんが……?」

駒澤も小笠原にきいた。「名士の家系だとか?」

「とんでもない」小笠原は苦笑した。「ただの平民、いまもサラリーマン家族です」

「でも」駒澤は立像を指差した。「これ、たしか山梨県立美術館にあると思いましたが」

「そうなんです。僕の祖父が浜砂嬌吾《きょうご》という人物と知りあいで……。浜砂琥太郎の息子さんです。互いに地元の商工会に尽力したのが縁で『風と光の女』を譲りうけたそうです。でも置いておく場所もないし、祖父は美術館に無償で貸しだしました。以後ずっと展示されてたんです」

「ってことは、所有権はいまも小笠原さんの家にあるってことですね」

「はい。うちとしては唯一の財産らしい財産ですし、家宝に違いありません」

莉子はまだ驚きが覚めやらないようすだった。「初めてきいた……」

小笠原は笑った。「平凡な家庭を営んでいくうえでは特に不自由もなかったから、家でも話題にものぼらなかったんだよ。祖父にしろ父にしろ、手放すのを検討したことすらなかったって」

「ってことは」莉子が小笠原を見つめた。「山梨出身だったの?」

「長野の県境に近いド田舎だけどね。北杜《ほくと》市ってとこ。実家にはひさしぶりに帰省したよ」

「そう……。知らなかった」

かすかに困惑を漂わせた莉子に、駒澤は気づいていた。当然知っておくべきことを知らなかった自分に、かすかな動揺を禁じえない……そんなふうに見えるが、憶測がすぎるだろうか。

香河崎が小笠原にたずねた。「売りたいのかな」

「いえ。質入れ希望です」

質入れの場合は、店で品物を預かるのと引き換えに、査定額より低い範囲内で金を貸す。持ち主が一定の期限までに利息分を含めて金を返せば、品物もその手に戻る。金が返せなければ、品物は店のものになる。店はそれを売って利益をだす。

莉子が心配そうなまなざしを小笠原に向けた。「お金が必要なの？」

「まあね」小笠原は頭を掻きながらいった。「このあいだの集中豪雨で、実家が床上浸水してね。築五十年以上の木造家屋だったから被害も甚大だったよ」

「あー。富士川水系のあちこちで氾濫《はんらん》したから……」

「火災保険には入ってたけど、川からはかなり離れているから、水害には未対応だった。自治体の見舞金も雀の涙だったし」

「お気の毒……。いまご両親はどこにお住まいに？」

「親戚《しんせき》の家もみんな手狭だから、避難所になってる公民館で暮らしてる。東京に呼んであげたいけど、ワンルームだし、親のほうから遠慮して同居を断ってきた。このあいだ、家の後片付けに里帰りしたとき、みんなで話しあってね。父がこの水晶の立像を思いだしたんだ。ほんとは、僕のオメガも売りたいんだけど……」

「四年前の就職祝いにご両親から贈られた物でしょう？　残念だけど、ローマ字で小笠原さんのフルネームが刻んであるから、査定額はかなり低くなっちゃうの」

「だよね。……この立像を持ってきて正解だった」

香河崎が咳《せ》きばらいをした。「失礼ながら申しあげるが『ご利用は計画的に』というフレーズは、質屋にも当てはまってね。貸したぶんのお金を返済できる見込みはありかな？」

「給料とボーナスの前借りを会社にお願いしてます。それが承認されるまでのつなぎってことで……。美術館にも、立像はすぐに戻しますからと説明してあります」

「いくら用立てればいいかな」

「そのう。三百万円ほどあれば」

ほとんど間髪をいれず、莉子がどこかあわてたような口調でまくしたててきた。

「ぜ、絶対に本物です。水晶は模造品もよくできまわっていて、石英ガラスは主成分が水晶と同じ二酸化珪素《けいそ》なので、見た目も水晶に似ています。だから紛らわしいのですが、これははっきりしてます。偽物のはずがありません。だから……」

駒澤は冷静に告げた。「だいじょうぶ。三百万円、ちゃんとおだしするよ」

莉子がほっとした顔になった。その表情は、小笠原が浮かべた安堵《あんど》の表情よりも、ずっとはっきりしたものだった。

従業員が歩み寄ってきた。駒澤は指示をだした。質入れで三百万円、手続きをお願いします。

小笠原が莉子と笑いあいながら、従業員にいざなわれレジへと向かう。

遠ざかるふたりの背を見守っていると、駒澤に香河崎が耳うちしてきた。「ありゃ惚《ほ》れとるな。だが、相思相愛でも仲はあまり深まっとらんとみた。お互い奥手だからか」

駒澤は咎《とが》める口調でいった。「叔父《おじ》さん」

ふんと鼻を鳴らし、香河崎は立像を振りかえった。「こんな素晴らしい物がうちの店に来るとはな。保管室のいちばん奥のテーブルに置くといい。被《かぶ》せものはするなよ。エアコンで室内が乾燥してるのはいいが、微風でも布がこすれて傷がつくと困る」

「心得てるよ」と駒澤は応じた。「保管室もいまは火曜の閉店前になかを調べるだけで、あとは施錠してるし。廊下に防犯カメラもあるから安心だしね」

駒澤は浜砂琥太郎作の水晶彫刻『風と光の女』を、売り場の裏手にある保管室に運んだ。

分厚い金属製の扉の向こう、もともと廊下だった部屋は奥に長く伸びていて、窓はない。その最深部の突き当たりにあるテーブルの上に、駒澤は立像を据えた。

ひとり駒澤に同行してきた莉子が、うっとりとした表情で立像を眺めた。「きれい……。なんだか展示室みたい」

「真上から照明が当たってるからね。この保管室も多いときには左右の壁ぎわに物がずらりと並ぶけど、いまは見ての通りがら空きだよ。ショパールも売れちゃったから、金庫にも預かり物がない。常に施錠しておけば安全だよ」

ふたりで戸口まで引きかえした。奥に光り輝く水晶の立像をもういちど眺めながら、駒澤はドアを閉めた。複製不能な専用の鍵《かぎ》でしっかりと施錠する。

なんとなくたずねたい衝動が起きて、駒澤は小声できいた。「小笠原さんとは、つきあいだしてもう長い？」

「えっ」莉子の声のトーンは、駒澤がいままできいたことがないほど高かった。「さ、さあ。あのう。それは……。あんまり……」

「ぶしつけだったかな。ごめんね」

「いえ。そういうわけじゃないけど……。つ、つきあってるって、どういう意味？」

たずねかえしてくる意味がむしろわからない。駒澤は莉子を見つめた。「つきあってないの？」

「そ、そんなことない……。あ、でも」莉子の視線が泳いだ。「気持ちは通じあってるとは思うし、小笠原さんもいい人だけど……。なんていうか、将来のことも考えると」

「頼りになるかならないかわからないんで、いまひとつ踏んぎりがつかない。そんなところかな」

「なっ……」莉子は絶句したようすで見かえしてきた。瞳《ひとみ》が見開かれ、頬もうっすらと紅潮している。

どうやら図星らしい。思わず苦笑して、駒澤は歩きだした。「悪かった。もうきかないよ」

一週間以上が過ぎた秋晴れの昼下がり、莉子は駒澤とともに出張鑑定にでかけた。

とはいえ、今回の仕事は少し事情が違っていた。依頼人が質入れを希望している品は、とっくに店で預かっている。それはいわゆる古文書で、和紙に筆でしたためられたうえに、糸で片側を綴《と》じてあった。時代は享和《きょうわ》三年、すなわち一八〇三年で江戸後期にあたる。

静岡県内のバス停、芦《あし》ノ湖《こ》カントリー入口で降りて西へ向かうと、笹が茂る石畳の旧道につながっていた。この箱根《はこね》旧街道西坂には一里塚や石仏が点在しているが、脇の山林は個人所有の土地になる。地権者である新藤《しんどう》という高齢の男性が、古文書を持ちこんだ人物だった。

莉子は国会図書館の文献を参照して、漢字ばかりで綴《つづ》られていた原文に送りがなや読点を補足し、コピーを持参した。新藤が見守るなか、駒澤とふたりで広大な土地の真ん中に立つ。

新藤の先祖が、長年にわたる土地の管理記録を綴ったという古文書のなかで、重視すべきは一部だけだった。いま、莉子の手もとの紙片にその抜粋がある。

大楠より鬼神岩に数へて歩《あり》くべし　着きせば右向きてひとしく歩きて、菩薩置くべし　塔に数へて歩くべし　着きせば左向きてひとしく歩きて、如来置くべし
如来より大楠、塔よりひとしく坤《コン》わたるべし　おくあかく照らすかげ待ちたり

駒澤がつぶやいた。「〝おくあかく照らすかげ待ちたり〟か。高校の古文で習ったな。〝かげ〟は逆に光《ひかり》って意味」

「ええ」莉子はうなずいてみせた。「次いで姿とか、形とかを表して、面影という表現を持つに至って、現在の影って単語になった。もともとは光ってこと」

「〝おく〟の意味は将来。そのまま解釈すると、将来を明るく照らす光が待っている、って文章になる。ようするに、指示どおりにやればお宝に出会えるって話だな」

「文面を解釈してみましょう。まず大楠から鬼神岩まで歩数を数えながら歩く。着いたら右を向いて、同じだけの歩数を歩き、立ちどまったところに〝菩薩〟を置く。たぶん小さな仏像ね。それから石塔に向かってまた歩数を数えながら歩いて、着いてからは左を向き、同じ歩数を歩く。止まった地点に今度は〝如来〟像を置く。如来像と大楠のあいだの歩数ぶんだけ、塔から坤の方角、つまり南西へ進んだ場所にお宝がある。ってとこかな」

地権者の新藤は、杖《つえ》をつきながら近くにたたずみ、莉子たちに呼びかけてきた。「さあ、早く調査を始めてくれ。なにか財産になる物が見つかったら、それも一緒に質入れしたいからな」

駒澤が莉子に小声でささやいてきた。「期待持たせすぎちゃったかな」

莉子は苦笑するしかなかった。「駒澤さんが宝探しだなんていうから」

「現地に来てはみたものの、いきなり難題だな。大楠なんてものはどこにもないぞ」

「そうね……。かなりの樹齢を重ねた大木だったと思うんだけど」

新藤が首を横に振った。「そんな木は見たこともない。とっくに枯れちまったんだろう」

困った。莉子はため息をつかざるをえなかった。古文書に指示された出発点がわからない。

「でも」駒澤が、地面から孤高に突きだした岩に腰をおろした。「希望は潰《つい》えてないよ。新藤さん。この岩、昔からここにあったんでしょうか」

「ああ。かつてはその岩にいろいろ祀《まつ》ったと、父親からよくきかされた」

「ってことは」駒澤は立ちあがった。「これが文中にでてくる鬼神岩に違いないな」

「そうね」莉子は同意した。「さっき雑木林の向こうに石塔もあったし」

駒澤は手もとのiパッドを操作した。「石塔に置いてきたGPS観測機と、この岩に置いた観測機の距離……。マップで計測できるな。直線で二百八十六メートル四十七センチとでてる」

ふうん。莉子の心は高揚しはじめていた。ノートを広げてペンを走らせる。

駒澤が微笑した。「可能性を感じてるみたいだね。方位もなにもかも不明なのに」

莉子は思わず笑いかえした。「方位なんて関係なくない？　石塔は残っているんだから、如来像と大楠の距離さえわかればいいでしょう。最後に石塔から同じだけ南西へ移動したところが目的地だから」

「その大楠の位置が問題だけどね。平面図を描いてみれば？」

「もちろんそうしてる」莉子は手にしたノートをしめした。「大楠がどこであれ、大楠・鬼神岩・菩薩を直線で結ぶと直角二等辺三角形になるのよね。右に向きを変えるってことは直角に曲がるわけだし、同じ歩数だけ歩くんだから辺の長さも同じになるし」

「ああ。石塔・菩薩・如来もそうだな。大きさは異なるけどやはり直角二等辺三角形だ。辺の比率はどちらも1：1：$\sqrt{2}$になる」

莉子はノートに目を落とした。「ふたつの三角形の辺について、大楠・菩薩の辺と鬼神岩・菩薩の辺は$\sqrt{2}$：1。菩薩・如来の辺と菩薩・石塔の辺も同様」

駒澤もうなずいた。「石塔・菩薩・如来の角度は四十五度になる。これに大楠・菩薩・石塔の角度を加えると、鬼神岩・菩薩・石塔の角度と同値になるわけだな。二組の辺の比と、そのあいだの角度が等しいんだから、大楠・菩薩・如来の三角形と、鬼神岩・菩薩・石塔の三角形は相似ってことになる」

「大楠・如来間と、鬼神岩・石塔間の距離の比率は$\sqrt{2}$：1」莉子は電卓を取りだしてボタンを押した。「大楠から如来までは$\sqrt{2}$に286・47をかけて……」

答えが表示された。〝405・129759〟。

駒澤がふっと笑った。「石塔から南西へ四百五メートル十三センチ。そこが宝の隠し場所」

黙って見守っていた新藤が口をきいた。「本当かね!?　直角二等辺三角形あたりまでは何となくわかったが、その先はさっぱりついていけんかった。間違いないのか？」

「さあ」駒澤がシャベルを拾いあげた。「まだなんとも」

あとは実証あるのみだった。駒澤が鬼神岩に置いてあったGPS観測機を取りあげ、石塔に向かった。

方位磁石を頼りに、ひたすらまっすぐ南西へと進んでいく。莉子は後につづきながら、iパッドのマップに表示される両観測機間の直線距離をたしかめた。残り十メートル。五メートル。四、三、二……。

「ここよ」と莉子は駒澤に声をかけた。「新藤さん所有の敷地内ね」

「なら掘ってもだいじょうぶだな」駒澤は観測機を置くと、シャベルを地面に突きたてた。

五十センチほど掘り進んだ時点で、杭《くい》の頭らしきものが見えた。さらに掘っていくと、杭に鎖でくくりつけられた物体が出現した。ひどく錆《さ》びついて褐色に染まりきった、鉄製の箱だった。

蓋《ふた》は半開きになっていた。駒澤がぐいとそれをこじ開けると、莉子は思わず声をあげた。

箱のなかを楕円《だえん》形の金属板が無数に埋め尽くしている。黒ずんでいるものの、部分的に放つ黄金いろの光沢が、まぎれもなく小判であることをしめしていた。

新藤が、年齢を感じさせない健脚ぶりを発揮して駆け寄ってきた。「な、な、なんと！きみらは天才だ。花咲じいさんの飼ってたポチですら、負け犬の遠吠《とおぼ》えしかできまい」

駒澤はふだんのクールさからは想像もできないほど汗だくになっていたが、それでもまるで疲れを感じさせない笑顔で告げてきた。「凜田さん。例の調査会社、僕なら訴えるね。高校で学年最下位だったなんて」

「信じられない？」莉子は胸に溢《あふ》れる喜びとともにいった。「だとしたら嬉《うれ》しい」

夜八時半をまわった。ジャック・オブ・オールトレーダーズの閉店時間が近づいている。

二十七歳の従業員、栗林修《くりばやしおさむ》は週に一回義務づけられている保管室の見まわりをおこなっていた。水晶の立像『風と光の女』にもなんの異常もない。ほかには、めぼしい物はこれといってなかった。高価でない質入れの品や売り物はすべて倉庫にある。

栗林が保管室をでようとしたとき、ひとりの宅配便業者が、十冊以上の洋書のハードカバー本を重ねて胸の前に掲げ、足を踏みいれてきた。こちらの部屋にお置きするんですね、と業者はいった。

「あん？」栗林は業者を見つめた。「その本、ここに入れるのかい？」

「そうですよ」業者はかろうじて片手で書物を保持しながら、素早くもう一方の手で伝票を押しつけてきた。「レジのほうで、こっちに持っていくようにっていわれて」

伝票の届け先には、末尾に〝保管部屋〟と明記されていた。業者はずかずかと本を抱えて、部屋の奥に入っていく。

「ちょっと待ってくれ」栗林は壁のインターホンの受話器を取りあげた。「店長。おいで願えますか」

　ほどなく店長室にいた香河崎が、巨体を揺すりながら廊下をやってきた。「どうかしたか」

　業者が奥のテーブルの上、水晶の立像と並べて洋書の山を置き、振りかえった。「ここでいいですか」

「なにしとる」香河崎は怒りのいろを浮かべた。「そんなとこに置くな。だいたい、その本はいったいなんだ」

　栗林は香河崎に伝票を手渡した。「ここにおさめる指定があったとか」

「……馬鹿たれ、よく見ろ。うちの店名のあとに友岡古書とあるじゃないか。こりゃ売り場の貸しスペースに送られてきた物だ。保管部屋なんてうちにはない、ここは〝保管室〟だ。おおかた、送り元が古書屋に専用倉庫があるとでも考えたんだろ」

　違いない。栗林は業者にいった。「店の売り場に運んでくれないか。受け取りは出入り口横の古書コーナーだよ。もう友岡さんも帰ってるけど、積んどけばいいから」

　業者は軽くため息をついて、また洋書の山を抱えて保管室をでていった。

　戸口に立って水晶の立像を眺めながら、香河崎は厳しい口調でいった。「あれに人を近づけるな。貴重な物だからな」

「はい……。心得ました」

廊下を歩いてくる靴音がした。駒澤が古びた鉄製の箱を重そうに携えながら近づいてくる。莉子もその後につづいてきた。

駒澤がきいた。「なにか問題でも？」

「いや」香河崎が駒澤の荷物を見つめた。「そりゃいったいなんだ」

すると駒澤が箱の蓋を持ちあげた。覗《のぞ》きこんだ香河崎がたちまち血相を変える。

「おい！」香河崎は仰天の面持ちでいった。「慶長《けいちょう》小判じゃないか。どこでこいつを？」

「新藤さんからの質入れ品。まさしく掘りだし物だよ」駒澤は保管室に入ってすぐ脇にある金庫にしゃがんだ。その扉を開けて、箱をなかにおさめる。

莉子が廊下から保管室内を眺めた。「水晶の立像、いつ見ても綺麗《きれい》」

駒澤は立ちあがり、保管室をでた。「凜田さんのおかげで収穫つづきだよ。じゃ、栗林さん。戸締りを」

「はい」栗林は重い鉄製の扉を閉じにかかった。水晶の立像、金庫、すべてに異常がないことをもういちど目で確認し、扉を閉鎖、施錠した。

閉店直後の売り場では、従業員たちが後片付けを始めていた。

駒澤は莉子や香河崎、栗林とともに店長室に入った。香河崎が椅子に腰かけながら、デスクの上の包みを手にとった。「ここにも届き物だ。なんだ？　字が小さくて読めん」

歩み寄って駒澤は包みの伝票を見た。品名の欄には〝ツイスト・タイ×100〟とある。

「ツイスト・タイ？」駒澤は香河崎に目を向けた。

すると栗林が上機嫌そうにいった。「古着販売を促進するために、ほそーいタイを一緒に売ろうって、店長がおっしゃったでしょう。百本注文しとけっていうから、いつもの雑貨問屋にオーダーしました。格安でしたよ」

香河崎は眉《まゆ》をひそめた。「ちょっと待て。ほそーいタイだと？　そりゃループ・タイのことか？」

「あー……。そうかもしれません。でもループ・タイってのは問屋のリストになかったな」

莉子がいった。「栗林さん。雑貨問屋のリストは商品の正式名称を記載してるんでしょう。ループ・タイも正確には〝ウェスタン・タイ〟で、海外ではそう呼ばないと通用しません。ウェスタン・タイなら載ってたのでは?」

「さあ。そうかもしれませんけど」栗林ははっとした表情になった。「じ、じゃあツイスト・タイってのは?」

「……電化製品を新品で買うと、電気コードが針金入りのリボンで束ねてあるでしょう。あのリボンのこと」

香河崎が呆《あき》れ顔でいった。「格安なはずだな。ちょうどよかった。店内のあちこちで電気コードがこんがらがっとる。栗林。これから毎朝出勤してすぐ、店じゅうのコードを束ねてまわれ」

栗林はそれから三日間、朝の暇な時間帯に売り場や通路の壁ぎわを這《は》いまわって、電気コードをツイスト・タイで束ねる作業に従事した。

ショーケースのあちこちに照明が組みこまれているため、カウンターのなかはまさしく足の踏み場もないほど無数のコードが横たわっていた。これまでにも何度となくつま先にひっかけて転倒しそうになった。この仕事は従業員の安全につながる、そう自分にいいきかせた。

もっとも、栗林の仕事は全員に歓迎されたわけではなかった。給湯室では電子レンジャポットのコードを束ねようとして、女性従業員にどやされた。何考えてんのよ。こういうことしたら火事になんのよ！

冷や汗をかいて給湯室をあとにする。しかし、なんといわれようと店長の指示だ。

三日めにして栗林は、店内のコードというコードをすべて束ねてしまっていた。門前払いをくった給湯室を除けば、保管室のなかぐらいしか残っていない。

保管室は毎週火曜の閉店前のみ巡回するきまりだ。とはいえ、いまやっておけば仕事は終わる。

売り場のレジにいれてある鍵《かぎ》を取りだし、クリップボードに時刻を記入する。廊下を歩いて保管室の前に赴いた。

例によって金属製の扉を解錠し、ゆっくりと開ける……。

異常は、すぐに視界に覚えた。なにかが違う。熟考するまでもなく、その要因はすぐにあきらかになった。

栗林は息を呑《の》んで奥のテーブルに駆け寄った。その上には水晶の立像が……ない！跡形もなく消え失《う》せていた。

その朝、出勤した莉子は、店のエントランスが施錠されているのに気づいた。裏の通用口から入ると、駒澤が深刻な面持ちで出迎えた。

事実をきかされたとき、莉子は意識が遠のきそうになった。『風と光の女』が盗まれた……。

莉子が真っ先に憂慮したのは小笠原の事情と立場、そして香河崎の健康だった。この最悪の報《しら》せが高齢の店長にとって身体にいいはずがない。

しかし、莉子が案ずるまでもなく、緊急事態はすでに香河崎の耳に入っているらしかった。浮かない顔で店長室に籠《こも》り、むっつりと黙りこくっている。莉子が部屋を覗きこんであいさつをしても、香河崎は無言のままだった。

窓のない密室のはずの保管室。莉子は駒澤とともに足を踏みいれた。テーブルの上にはなにもなかった。落下したわけでもない。床には破片ひとつ見当たらなかった。

駒澤が金庫の扉を開けた。さいわい、小判の入った箱は無事だった。被害は水晶の立像だけか。

部屋の奥に歩を進める。莉子はテーブルのすぐ近くの床に、なにか落ちているのに気づいた。

拾いあげてみると、それはコイン大の透明アクリルの円盤だった。太陽か星の煌《きら》めきを表現したかのような、無数の放射状の線で構成されたマークがプレスしてある。

莉子は駒澤にそれをしめした。「なんだかわかる？」

「……さあ」駒澤は眉間《みけん》に皺《しわ》を寄せた。「ポーカーチップか、台湾地下鉄のトークンみたいな形状だね。マークの横に小さくTMとある。トレードマークか。どっかの会社のロゴかも。数字も入っているな。００３２６３」

「いつから床に落ちていたのかな」

「水晶の立像を搬入する前は、この保管室もがら空き状態だった。清掃も入ってたはずだ。こんなのが落ちてればとっくに排除されてたよ」

透明コインが転がりこんだのは立像が盗まれたその瞬間か。保管室への出入りをつぶさに調べる必要がありそうだった。


駒澤は莉子を警備室に案内してくれた。そこにはいくつものモニターがあって、店の内外にある防犯カメラの画像が、日時の表示とともに映しだされていた。どの画面もメモリーカードで常時録画されつづける仕組みだという。

先週の月曜、小笠原が来店した日に遡《さかのぼ》って、そこから早送りで再生してみた。

チェックの対象としたのは店のエントランス、裏の通用口、それに保管室前の三か所。廊下の天井に設置されたカメラが、鉄製の扉を俯瞰《ふかん》でとらえつづけている。残念ながら、室内にはカメラがなかった。けれども、保管室に出入り可能なのはこの扉しかない。

莉子と駒澤が水晶の立像を運びこみ、部屋をでて扉を閉める。行動はすべて鮮明に記録されていた。翌日の火曜、週一の確認として従業員が閉店前に扉を開けた。しかしその従業員は、保管室に踏みいらず、すぐに扉を閉め立ち去った。

今週に入りまた火曜の夜を迎えると、栗林が扉を開けるようすも映っていた。彼はなにも持たずに入室し、また手ぶらで廊下にでてきた。莉子と駒澤、香河崎が揃って扉の閉鎖に立ち会っている。莉子はこの瞬間を覚えていた。扉が閉まる寸前まで、わたしはテーブルの上に水晶の立像があるのを観察していた。たしかにまのあたりにした。

しかし、それからの三日間、扉にはなんの動きもなかった。次に扉が開けられたのは、けさ栗林が盗難に気づくことになったその瞬間でしかなかった。さらにその後も現在に至るまで、保管室に入ったのは駒澤と香河崎、そして莉子のみであることもあきらかになった。

店の出入りについても録画を入念に調べあげた。最後に『風と光の女』の存在を確認した火曜の夜以降、客や従業員、業者の違いを問わず、高さ四十センチの立像をおさめられそうな荷物を店外へ運びだした例は目につかなかった。貸しスペースに洋書を運んだ宅配便業者も手ぶらで外にでているし、それ以後にも物を運びこむ者こそ大勢いたが、持ってでる人間は皆無だった。

駒澤が首をかしげた。「今週は置時計ひとつ売れてない。帳簿を見てもアクセサリーや、ブランド物の財布しかさばけてないんだ。物理的に不可能だよ。あれだけの体積がある立像を外にだす方法はない」

まさか……。水晶の立像は、すでに原形をとどめていないのだろうか。粉々に破壊されてしまったなら、破片を何人かが分けてポケットやカバンにおさめて退店するのも可能になる。

いや。莉子は頭を振ってその考えを追いはらった。立像がもう存在しないなんて、考えたくもない。きっといまもどこかにある。そう信じなければやりきれない。

莉子は駒澤に同行して店長室に向かった。

重苦しい空気の漂うなか、デスクについて黙りこむ香河崎に対し、駒澤が静かにいった。「数日前に小笠原さんから電話があって、返済のめどが立ったって……。近いうち店に来るみたいだよ」

香河崎は唸《うな》った。「利息だけ払って期間延長を申しこんでくれるといいんだがな。

そのうち金を返せなくなって品物も諦《あきら》めてくれりゃ、うちのメンツだけは保たれる」

さすがに聞き捨てならないセリフだった。莉子は香河崎に反論した。「そんなことはありえません。小笠原さんは絶対に約束を守ります。なにがあろうとお金を揃えてきて、立像の返却を求めるでしょう」

駒澤もうなずいた。「そうだよ。紛失したから質流れになったほうがいいなんて、とんでもない言いぐさだ」

すると香河崎が声を荒らげた。「ならどうしろというんだ。『風と光の女』を失《な》くしましたと頭をさげてみろ、理由を問いただされる。保管室に置いといたら煙のように消えちまった、そういったら納得するのか？　盗まれたと主張すれば、当然警察に通報しようって話になる」

「この場合はさすがにやむをえないんじゃないかな」

「駄目だ！」香河崎は怒鳴った。「盗難事件となったら私服や制服の警官どもが大挙して押し寄せる。質屋としちゃ面目丸つぶれだ。客の信用も失い、誰も寄りつかなくなる。わしら全員、犯人扱いされる可能性もあるんだぞ」

駒澤がため息まじりにきいた。「小笠原さんが店に来るまでに、泥棒を見つけだして立像を取り戻せって？」

香河崎は、その発想はなかったとでもいいたげに目を見開き、大きくうなずいた。「そうだ。それがいちばんいい。しかし、あてはあるのか」

「凜田さんが保管室の床で謎の透明コインを見つけたよ。TMってあるから商標として登録されてるかも」

「なぜそういいきれる。イニシャルかもしれんだろ。田代まさしとか」

「田代まさしがどうやって密室から立像を盗むんだよ。まかせる気あるの？」

「頼りない話だがやむをえんな。ほかに道はない」

「……ならきょうこれから、店のほうは頼んだよ」駒澤は香河崎にそういうと、莉子に向き直ってたずねてきた。「凜田さん。カウンターで鑑定をつづけてくれる？」

「いいえ」莉子は思いのまま拒絶した。「わたしも一緒に犯人を捜す。小笠原さんの大事な持ち物だもの」

駒澤は眉《まゆ》ひとつ動かさなかった。だろうね、そうつぶやいてから香河崎に視線を移した。「ふたりとも留守にするよ。レジとかだいじょうぶ？」

「心配するな。ちゃんとできるわい」香河崎は戸口に呼びかけた。「栗林！」

売り場から駆けてくる足音がする。半開きの扉から栗林が顔を覗《のぞ》かせた。「お呼びですか」

「直哉と鑑定家さんのふたりとも、きょうは欠勤する。そのあいだはおまえが責任を持って接客を取りしきれ」

「わかりました。おまかせください」

「それとな」香河崎は栗林に目もあわせず告げた。「女性従業員から苦情がでた。束ねた電気コードはぜんぶほどいておけ。火事の危険があるからな」


どんよりと曇った空の下、駒澤は莉子に案内され、初めて彼女の店を訪ねることになった。

最寄り駅は飯田橋。神田《かんだ》川とお濠《ほり》が交わるあたりの商店街、雑居ビル一階のテナントだった。小ぶりながら美容サロンを思わせる洒落《しゃれ》た店構え。壁に嵌《は》めこまれた看板には〝万能鑑定士Q〟とある。

前面はガラス張りになっていて、エントランスは自動ドアだった。シンプルモダンでまとめあげたスタイリッシュな内装、艶《つや》消しのアルミとガラスから成る無機質でシャープな印象の家具類。ほのかに青みがかった透明なデスク。すべてが一体感をもって調和している。いいセンスをしていると駒澤は思った。

莉子はいちど奥に引っこんで、B2サイズの大きな書籍を何冊か持ちだしてくると、デスクに積みあげた。図鑑のようなその本の書名は『全国商標一覧』。

「さてと」莉子はデスクにつくと、ノートパソコンの電源をいれた。「謎のロゴの正体を突きとめなきゃ」

駒澤はポケットからアクリル製の円盤を取りだした。「泥棒の落とし物ならいいんだけどね。まるっきり無関係かもしれない」

「でもほかに手がかりもないし」莉子はデジカメを手にとった。「まずは乱暴な手だけど、試してみようかな」

莉子はデジカメでロゴを接写し、画像をパソコンに取りこんでから、グーグルの画像検索にかけた。

だが、表示された検索結果は、ロゴとは似て非なる無関係の写真ばかりだった。

はぁ、と莉子がため息をついた。「華蓮《かれん》みたいにはいかないなぁ」

「華蓮って？」

「いえ、べつに」莉子は『全国商標一覧』に手を伸ばした。「自分の目で探しましょう」

やむをえないな。駒澤はそう思いながら、積んであるなかの一冊を取りあげた。TMがトレードマークの意味でなければすべては徒労に終わる。でもやるしかない。

それから二時間ほど、駒澤は莉子とともに商標のリストとにらめっこをした。コインに記載されていた〝００３２６３〟が登録番号ではと期待したが、まったくあてがはずれた。いまのところ似通ったデザインにすらお目にかかれない。

そのとき、莉子がだしぬけに声をあげた。「あった！」

駒澤はデスクに身を乗りだした。「ほんとに？」

莉子が指差した商標をまのあたりにして、駒澤の胸も高鳴った。光を表すかのような放射状のマーク、透明コインと見比べてみてもあきらかだった。まるっきり同じだ。

商標の下に記載された登録元は、株式会社ミトハタ工芸となっている。住所は埼玉県上尾《あげお》市菅谷《すがや》……。

すぐさま莉子がノートパソコンのキーを叩《たた》いた。社名をグーグルの検索にかけている。

ところが、検索結果として一番上に表示されたのは、マピオンの地図でしかなかった。

莉子はため息をつきながらマウスを操作した。「公式ウェブサイトなし。ネットユーザーとは趣味が一致しない業種なのかな。顧客の声とか情報も見えてこない」

駒澤は携帯電話を取りだして、表示されたミトハタ工芸にかけてみた。呼び出し音が数回、女性の声が応じた。

しかしそれは録音されたメッセージでしかなかった。ミトハタ工芸です。ただいま休憩時間につき全員出払っております……。

電話を切って駒澤はいった。「行ってみたほうが早いかも」

「そうね」莉子が立ちあがった。「じっとしていられる気分じゃないし」

午後三時をまわっている。駒澤は先に店の外で待った。つづいて莉子が自動ドアからでてきて、下部に鍵《かぎ》をかけた。ガラス越しにCLOSEDの札がさがっている。

そのときふいに、駒澤にとっても聞き覚えのある青年の声が呼びかけた。「凜田さん？」

莉子が過剰なまでにびくついて振りかえる。駒澤もその視線を追った。スーツ姿の小笠原が近くに立っていた。

小笠原は駒澤を見て、どうも、と頭をさげてきた。

あわてたようすの莉子が応じる。「お、小笠原さん。なにか……？」

「質屋さんに電話したんだけど、凜田さんが不在だっていうから、こっちじゃないかと思ってきたんだよ」

「そ……そう。どんな御用で……」

「おかげさまで家の修理が始まるめどがついたよ」小笠原は笑顔でいった。「このところ仕事がうまくいってたおかげで、編集長が口添えしてくれてね。ボーナスと給料の前借り、無事了承してもらえた。それも緊急に、今夜までには用立ててくれるっていうんだ」

「今夜……」

小笠原は駒澤に告げてきた。「水晶の立像を預かっていただき、本当にありがとうございました。明日にはお金を持って、代官山のほうにうかがいますので」

駒澤は、莉子が動揺しすぎていると感じた。表情がひきつっているうえに、後ずさりさえしつつある。

妙に思ったらしく、小笠原がたずねた。「凜田さん。どうかした？」

まずいな、と駒澤は思った。彼女にこんなに弱腰な一面があるなんて。

ふいに莉子は身を翻《ひるがえ》して駆けだした。「ちょ、ちょっといま急ぐから。さよなら」

「あ」小笠原は呼びとめるそぶりをした。「凜田さん……」

どうにもならない。駒澤も小笠原に「じゃ」と声をかけて、走って莉子を追いかけた。小笠原は呆然《ぼうぜん》と立ち尽くして見送っている。

駒澤が商店街を駆けていくと、莉子の姿が目に入った。八百屋の角を折れた路地で息を切らし、ひとりたたずんでいた。

歩み寄って駒澤はきいた。「なんで逃げるんだ?」

「だって……。いたたまれないし、あわせる顔がないし」

「だからって逃走したのはまずいよ。へんな誤解を生むだろ」

「誤解?」

「ふつうに考えたら、きみが僕とつきあいだしてるんじゃないかと思うかも」

莉子はようやく、自分の挙動がいかに深刻な問題を引き起こす可能性があったかを理解したらしい。顔を真っ赤にして、すっかり取り乱したようすでいった。「すぐ戻って、小笠原さんにほんとのことを伝えなきゃ」

「いまさらよしたほうがいい。いかにも言いわけを思いついたみたいで不自然だよ。泥沼に嵌《は》まる恐れがある」

「じゃあどうすればいいの?」

「落ち着いて。とにかく冷静になるんだ。小笠原さんのことを案じてるのなら、いまは立像を取り戻すほうが先だよ。真っ当な目的のために努力してるんだから、その思いはいつか伝わる」

莉子はため息をついてうつむいた。「うーん。でも……」

「小笠原さんは記者なんだろ？　直感が働くだろうから、きっと真実にも気づくよ。悪気がないってわかってくれる」

「そうかなぁ……」

内心、彼に対し頼りなさを感じているのだろう。けれどもそれは取り越し苦労に違いない、駒澤は確信していた。会社が給与の前払いに応じてくれる社員だ、非才であるはずがない。

大宮《おおみや》駅で京浜東北線から埼玉新都市交通伊奈線《ニューシャトル》に乗り換える。辺りもすっかり暗くなり、空がわずかに黄昏《たそがれ》を残す午後六時すぎ。駒澤は莉子を連れて伊奈中央《いなちゅうおう》駅に着いた。

田畑が広がる素朴な眺めも、闇に呑《の》まれてほとんどなにも見えない。タクシーに乗ってからも、ただ自分の顔が映りこむだけのウィンドウを眺めるしかなかった。

十分ほど走って、タクシーは大きなプレハブ平屋建てに横付けされた。ミトハタ工芸という看板には、あの放射状のロゴが入っている。外に面した事務棟のサッシ窓には、まだ明かりがあった。人もいるようだ。

オフィスを訪ねると、初老の作業着姿の男性が「きょうの受付は終了しましたよ」そういった。

例の透明なコインを手渡し、ききたいことがありまして、そう告げてみる。男性は、工場のほうにマネージャーがいますから、と案内してくれた。

さほど大きくない規模の工場棟に足を踏みいれた瞬間、鳥肌が立った。吐く息がたちまち白く濁る。と同時に、ここがどんな工芸を生業《なりわい》にしているか、たちどころに理解できた。

ほんの五人ほどで運用しているらしい奥の一角は製氷室だった。原料水をろ過するフィルターだけは実に大げさな装置だが、あとは容器に汲《く》んだ水を氷点下で保存し、凍らせるだけだ。このエリアに限ってみれば、製氷工場の設備とまるで変わりない。

そして、手前の土間にいくつものテーブルを並べた〝工房〟では、防寒服を着た職人がひとり、居残りの作業に従事している。平ノミや角ノミ、ナイフ、砥石《といし》から、ノコギリやチェンソー、ドリルまで雑多な道具が並べてあった。

職人が取り組んでいるのは氷彫刻……。もとは直方体だったに違いない、高さ五十センチほどの氷柱の半分だけが〝ミロのヴィーナス〟の優美なフォルムへと彫りこまれている。

まさか。だが、ありえない話ではなかった。水晶と氷、ただ透明というだけが共通項ではない。いずれも光学的に複屈折という特徴を備える。現にこの〝ミロのヴィーナス〟の輝きぐあいは、あの水晶の立像に酷似していた。質感もそっくりだ。テーブル上には、本物の〝ミロのヴィーナス〟の写真数点があった。職人はそれを手本にしているようだ。平面から立体を再現する。見事な腕だった。

しばらく眺めていると、頭の禿《は》げあがった男性がやはり防寒着姿で近づいてきた。

「マネージャーの山本《やまもと》です。インナープリントについてお尋ねとか」

寒さに震えていたようすの莉子が山本を見つめた。「インナープリント？」

「ええ」山本は透明なコインを指先にしめした。「花瓶やマグカップはバックプリントといって、底にブランドのロゴを印刷するでしょう？　氷彫刻の場合はいずれ溶けて無くなってしまうので、これをなかに封じこめるんです。水を凍らせる前にね」

衝撃的な事実だった。駒澤は脳裏に閃《ひらめ》くまま山本にきいた。「先日『風と光の女』の原寸大レプリカも氷彫刻でおつくりになりましたよね？　浜砂琥太郎作の」

「ああ、はい。横溝《よこみぞ》さんのご注文の……。おっと、このインナープリントの製造番号。00326 3ですか。するとこれは『風と光の女』のなかにあったものですな」

面白い。はったりが駒澤の口を突いてでた。「そうなんです。横溝さんの氷彫刻展示に感銘を受けまして。彫像がすっかり溶けた後でこれを拾ったんです。まったく同じ内容でオーダーしたいんですよ。横溝さんの注文内容と寸分たがわず」

「なら帳簿を見てみましょう」と山本は歩きだした。「オフィスにおいでください。足もとにお気をつけて」

莉子とともにミトハタ工芸をあとにして、ほとんど暗闇も同然の歩道にたたずむ。駒澤は携帯電話を操作した。

オフィスで山本は帳簿を来客には見せまいとしていたが、会話中にこっそり覗《のぞ》くぶんには支障なかった。横溝なる人物から氷彫刻のオーダーを受けたのは今月の十七日。保冷トラックで完成品を引き取りにきたのがその一週間後。記載された電話番号も頭に叩《たた》きこんであった。

しかし、かけた電話に呼び出し音は響かなかった。女性の声が機械的に告げる。お客さまがおかけになった番号は、現在使われておりません。

やはり、でたらめな番号か。連絡は横溝のほうから一方的におこなわれた、山本もそういっていた。

……最後に目にした立像は、氷彫刻の複製にすり替わっていたのか。

偽物の材質に氷を選んだ理由は、質感のほかにあとふたつほど考えられる。ひとつは日数だろう。ガラス細工で複製をつくるにはひと月から数か月を要する。氷彫刻なら一週間で仕上がる。そしてもうひとつは、当然ながら物的証拠がなにも残らないことだ。二日もあれば氷は溶け、エアコンの除湿機能によって一日で乾ききる。

ここまできたら、可能性はひとつだけだった。駒澤は莉子を見つめた。「店に戻るべきだね」

「ええ」莉子は真顔でうなずいた。「立像はお店から外へはでていなかった。探すべきは一か所しかない」

夜九時近く、閉店間際になったジャック・オブ・オールトレーダーズのエントランスに、莉子は足を踏みいれた。

すでに『蛍の光』のBGMが流れ、残る客もひとりかふたりだった。莉子は駒澤とともに、古書コーナーへとまっすぐに向かった。

友岡は本の整頓《せいとん》をしていた。その顔があがってこちらを見つめる。「なにか?」

まっすぐ見つめかえしながら、莉子はいった。「ブックボックスがほしいんですけど」

「は……はぁ？　なんですか。ブック……」

「ネットで〝ブックボックス〟と検索すればでてきます。外見は古い洋書のハードカバー、でもじつはなかが空洞になってて、実態は箱。表紙が蓋《ふた》がわりになってる」

輸入雑貨屋さんにも山ほど売ってる。海外のお土産屋さんにも、

「……うちでは扱ってませんね。見てのとおり古書専門なので」

莉子はかまわずつづけた。「ブックボックスにもいろいろあって、一冊の本のかたちをした箱がスタンダードだけど、なかには三冊か四冊を積みあげた形状になっている物もある。なかは引き出しになっていたり、あるいはがらんどうだったり。わたしたちが探してるのは、洋書十冊前後を重ねた外観で、表紙じゃなく側面が開くタイプ。内部はぽっかりとあいてて、高さ四十センチの物体も余裕でおさまるの」

「な」友岡は笑いを浮かべたが、その表情はひきつっていた。「なんのことかさっぱり」

駒澤が冷静な口調でいった。「あなたの相棒、横溝と名乗る男が美術名鑑を携えミトハタ工芸を訪れて、氷彫刻を発注したのが十七日。小笠原さんが『風と光の女』をうちに預けた日だ。あなたはこの売り場にいて、会話のすべてをきいてた。もともと、

売上につながらない古書屋を一か月間もこんな場所で開こうと思ったのも、高価な物を盗むチャンスをうかがってのことだったからな」

「なにをいいだすんですか。私はね、純粋に古い絶版本を売りたくて……」

「保管室の奥のテーブルに立像を置け、と叔父《おじ》さんは僕に指示した。あなたはそれもきいてた。保管室を開けるのは週にいちど、火曜日の閉店前ってのも耳にした。だからそのタイミングを見計い、宅配便業者の扮装《ふんそう》をした横溝に保冷トラックで店に向かわせた。十冊重ねの洋書型ブックボックスの中身は、前日できたばかりの氷彫刻。横溝はずかずかと保管室の奥まで踏みいった。伝票の配送先に〝保管部屋〟とある以上、栗林はすぐに引き留めたりはしない。彼が叔父さんを呼んでる隙に、横溝はブックボックスから氷彫刻を取りだし、代わりに水晶の立像をおさめた。細長い部屋の奥で栗林に背を向けてるんだから、自分の身体のかげでおこなえる」

「馬鹿をいわんでください。香河崎さんが目を光らせている店内で、そんなことができますか」

「もちろん叔父さんはすぐ飛んできて、栗林を叱りつけた。洋書を持っていくのは古書コーナー、つまりここだと伝えた。あなたの計算通りだよ。横溝はブックボックスをここに置いて、手ぶらで店をあとにした。大きな荷物を持ちだしたのでは不審がられるし、そんなリスクを冒す必要はない。ひと月の契約期間が終われば、売れ残りの洋書と一緒に運びだせるんだから」

「妄想もいい加減に……。ナンセンスの極みだ」

「三日で犯行が発覚したのは運が悪かったな。本来なら、保管室が開くのは来週の火曜。つまり来月に入ってから。あなたがこの店を引き払った後になるはずだった」

そのとき、売り場に香河崎の怒鳴り声が響いた。「友岡！　いまの話は本当か」

莉子が振りかえると、カウンターに立つ香河崎が、鬼の形相で友岡をにらみつけていた。

視線を友岡に戻すより早く、古書コーナーに異変が生じた。莉子が気づいたときには、友岡は洋書十冊、いやその外観をしたブックボックスを抱きかかえ、店のエントランスに向かい駆けだしていた。

駒澤がすぐに追いかけたが、友岡はガラス戸に身体ごとぶつかるようにして押し開け、外に逃げだした。莉子も走りだして、駒澤の後につづいた。

莉子が店外にでたとき、車道に停車中の小ぶりな保冷トラックを目にした。

友岡はそのトラックへと駆けながら叫んだ。「エンジンをかけろ。急げ！」

トラックの運転席、あわてた表情で友岡を見かえす男の顔。莉子は見覚えがあった。

防犯カメラがとらえた宅配便業者だった。横溝を名乗る友岡の相棒に相違ない。

ところが友岡は、歩道と車道の段差で足を踏み外した。もんどりうって転倒し、はずみでブックボックスは宙に舞った。

思わず莉子が悲鳴をあげたそのとき、駒澤が路面に滑りこんで、仰向《あおむ》けにブックボックスを受けとめた。

肝を冷やしながら莉子は駒澤に走り寄った。「だいじょうぶ!?」

駒澤は寝そべったまま、無表情に応じた。「僕のことを心配してくれてるのかな。それとも、こいつかな」

ブックボックスの側面、本の背にあたる部分が一枚の扉になっていた。駒澤が慎重な手つきで扉を開けた。

緩衝材がわりに詰めこまれた古新聞の隙間に、光の渦がある。あの水晶の立像『風と光の女』がおさまっていた。損傷個所はない。

ほっと胸を撫《な》でおろし、莉子は顔をあげた。友岡は転んで足首を捻挫《ねんざ》したのか、あるいは骨折か、横たわったまま痛そうに顔をしかめている。

相棒のほうは仲間を見捨てる決心を下したらしい、保冷トラックは走り去っていった。店の従業員らが駆けだしてきて、友岡を捕らえた。

駒澤はゆっくりと立ちあがった。「小笠原さん、いまごろ泥棒探しに奔走してるんじゃないかな。記者なんだし、きょう会った時点で事件のにおいを嗅《か》ぎつけてるだろ」

「どうかなぁ」莉子は苦笑せざるをえなかった。「そうじゃなかったら誤解を解くのが大変……」

よく晴れた土曜の朝、小笠原とともに店に現れたのは、彼の両親だった。

莉子はみずからぎこちないと感じる笑顔で、初対面のふたりとあいさつを交わした。お、おはようございます。はじめまして……。

小笠原の父母はふたりとも息子に似て、控えめでおとなしかった。それだけに三人に共通する笑顔は、歓喜に等しい感情を表すものだろう。

どちらかといえば母親似かな、と莉子は小笠原について思った。とりわけ目もとはそっくりだった。けれども声やしぐさは、父親とうりふたつに感じられる。

ふたりとも、莉子に向けるまなざしは温厚そのもので、虹彩《こうさい》は輝きに満ちていた。母親のほうが、とりわけ嬉《うれ》しそうだった。「あなたが凜田さん？　まあ、素敵なかたでいらっしゃる……。いつも悠斗がお世話になっております」

莉子は恐縮せざるをえなかった。「いえ、こちらこそ」

父親が微笑とともにうなずいた。「悠斗からきかされてたとおりだな。美人で頭がよくて……。このところ悠斗は、口を開けば凜田さんの話ばかりだよ」

小笠原が戸惑いがちに両親を制した。「ここでそんなこと……。質屋さんをお待たせしちゃ悪いだろ」

駒澤は、いつものごとく澄まし顔で告げた。「いえ。僕のほうはいっこうにかまいませんが」

香河崎が冗談めかしていった。「わしとしちゃ、さっさと済ませたいな」

一同に笑いが沸き起こる。駒澤が咳《せ》きばらいをして、落ち着いた口調で申し渡した。

「小笠原様。ご家族お揃いで返済金をお持ちいただき、ありがとうございます。お預かりした品物をお返しします」

栗林が水晶の立像を運んできた。七色に光り輝く美の結晶が、いままたカウンターに据えられる。いつ見ても心を奪われる、繊細かつ優美な逸品だった。

立像を前にした小笠原家の三人は、喜びを隠しきれないようすだった。いっそうの笑顔をかわしあう。

母親は目にうっすらと涙をためていた。「本当にどうお礼を申しあげていいのか……

…。お金を融通していただけたおかげで、もう家の修理が済みそうです。この彫像もまた美術館にお戻しできますし、胸を張って北杜に帰れます。お店のみなさまにも、価値をお店に進言していただいた凜田さんにも、心から感謝してます」

香河崎が唸《うな》った。「鑑定家さんがおられんでも、これほどの物を安く買い叩《たた》いたりはせんよ。わしらはそんな悪党じゃない」

小笠原家がまた笑いあうなか、駒澤が立像に箱をかぶせて梱包《こんぽう》し、引き渡した。穏やかな空気とは裏腹に、莉子の心にはずっと不安がかすめていた。けさも小笠原は微笑を絶やさず、愛想よく接してくれる。でも本音ではどう思っているのだろう。

すると、小笠原が莉子に向き直り、手を差し伸べてきた。「ありがとう。凜田さん」

「え？　あ、は……はい。これぐらいのこと何でもないし……」

握手を求められたと思い反応したが、小笠原は莉子の手に紙片を握らせてきた。

これは……何？　たずねかえす間もなく、小笠原は荷物を抱えこんで背を向けてしまった。両親とともに駒澤や香河崎におじぎをして、店をでていく。

莉子は手もとを見た。小さく折りたたまれたメモ用紙だった。開いてみると、小笠原の几帳面《きちょうめん》な字が並んでいた。

彫像を守ってくれて本当にありがとう。僕を不安にさせないために黙っていてくれたんだね。

思わず息を呑《の》んだとき、駒澤が覗《のぞ》きこんできた。

駒澤は微笑を浮かべ、静かにささやいた。「いったとおりだろ。彼は有望な記者さ。きみの心もお見通しだったんだよ」

第3話　バスケットの長い旅

KEISUKE MATSUOKA
STORY COLLECTION OF ALL-ROUND APPRAISER Q
KADOKAWA BUNKO

代官山駅近くの質屋ジャック・オブ・オールトレーダーズのカウンターに立っていると、ときに突拍子もない物が持ちこまれることがある。いまがそのときのようだ、と駒澤直哉《こまざわなおや》は直感した。

淡い秋の陽差しが、エントランスのガラス戸に四角く切り取られ、床に細長い光の帯を敷く。そこを意気揚々と踏みしめて、リュックを背負った浅黒い小柄な男性が、大きな旅行用トランクを抱え近づいてくる。

トランクといっても妙に古びていた。表面は薄汚れて傷だらけで、金属の縁取りも腐食がひどい。角が丸みを帯びておらず、堅苦しいまでの直方体をなしている。ひょっとするとかなりの年代物かもしれない。

よく目を凝らすと、LとVを組み合わせたモノグラムのロゴが、無数にプリントしてあるのが見てとれる。ヴィトンか。

男性はトランクを床に置き、安斎《あんざい》と名乗った。都内で漁師をしているという。漁船の網にひっかかった物だが、三か月が経過したので貰《もら》ってもいい、そう所轄の警察にいわれたという。

カウンターのなかで駒澤と並んで立つ高齢の巨漢、香河崎慧《かがわざきさとし》が怪訝《けげん》な顔でつぶやいた。「三か月だと?」

駒澤は叔父《おじ》に説明した。「遺失物法が改正されたんだよ。以前は落とし主が現れなかった場合、拾い主の物になるのは半年後だったけど、いまじゃ三か月」

安斎が金歯をのぞかせ、へらへらと笑いながらいった。「そうですよ。貴重な物かもしれないと思いましてね。こちらじゃ変わった品も買い取ってくれるってんで、軽トラに積んで運んできたんです」

どことなく信用できない人物だ、と駒澤は安斎について思った。漁船に乗ってはいても、本当に魚を獲《と》るのを生業《なりわい》にしているのだろうか。

駒澤は安斎を見つめて冷静に告げた。「海には〝潮目《しおめ》の際《きわ》〟というのがあって、潮流の関係で海面を漂うゴミが一か所に集まってくる。漁師ならみんな知っていることだけど、その〝潮目の際〟にわざわざ船で向かうのが増えているってきいたよ。魚じゃなく質入れできる物を探しに」

香河崎もしかめっ面でいった。「〝潮目の際〟に浮いとる物をあてこんで船をだしたとなると、拾ったって主張はかなり図々《ずうずう》しいな。半ば泥棒の物色と変わらんじゃないか」

安斎は口ごもりながらも否定してきた。「ほ、法的に問題はないだろ？　これが海にあるって事前に知ってたわけじゃないんだしさ。なにより、こいつは浮いてなかった。沈んでたのが、たまたま網にひっかかったんだ」

間髪をいれず香河崎が吐き捨てた。「あほ抜かせ。古くからヴィトンのトランクは水に浮くとして有名だ」

駒澤はカウンターをでて、売り場の床に置かれたトランクに歩み寄った。留め金を外して開けてみる。内部は思いのほかきれいだった。「なかに浸水した形跡はないな。密閉状態が保たれていたのか。外側は汚れてるけど、これはずいぶん新しいタイプだ。二十一世紀に入ってすぐ、ヴィトンは消費者の要望に応《こた》えて、すべての生地の製法を変更した。トランクを軽量化するのが目的だった」

香河崎が安斎をじろりと見た。「昔のより軽くなったヴィトンのトランクか。なおさら沈むのはおかしい。正直にいったらどうだ。あるいは、こいつは水に沈む偽物か？」

安斎がまごついた反応をしめしたそのとき、若い女性の声が穏やかに告げた。「いいえ。問題ありませんよ。本物です」

駒澤は振りかえった。トレンチ風コートを粋《いき》に着こなした莉子《りこ》が近くに立っていた。

「ああ、凜田《りんだ》さん」駒澤はいった。「おはよう」

香河崎もおはようとあいさつした。莉子がていねいにおじぎをかえす。おはようございます。

莉子はトランクに指先を這《は》わせた。「過去、水に浮くと宣伝されていたうえに、より軽量化されたとあっては、沈むはずがないと考えがちですよね。でも重量が小さければ浮くとは限らないでしょう」

「たしかに」駒澤はうなずいてみせた。「漬物石《つけもの》は沈んでもタンカーは水に浮くからね。軽くなったからって沈まない保証はない」

「そう」莉子が告げた。「ヴィトンのトランクは生地の変更により、以前より軽くなった反面、水に浮かなくなったんです。改良点には挙げられないせいか、販売元も強調しないんでしょう」

「なんと」香河崎は不満そうに口をとがらせた。「知らん間《ま》に打ち切られてた控除みたいなもんだな。ちゃんと告知してもらわんと困る」

安斎がしたり顔でいった。「ほらみろ。俺のいうことにね、嘘なんかないんですよ。で、いくらで買い取ってくれます？」

駒澤は冷静に答えた。「壊れてはいないから、汚れを落とせばなんとか使えるかな。千円ってところでしょう」

「千円？」安斎は心外だというように語気を強めた。「ヴィトンだよ。せめて一万円ぐらいはほしい」

「いま凜田さんもいったように、ごく新しい物なので。修理となると、かなりの出費になるし」

「待ってくれ。じゃあこっちはどうだ？　これも海から拾いあげた物だけど」安斎はリュックをおろし、なかをまさぐって、黒く塗装された金属製のバスケットを取りだした。

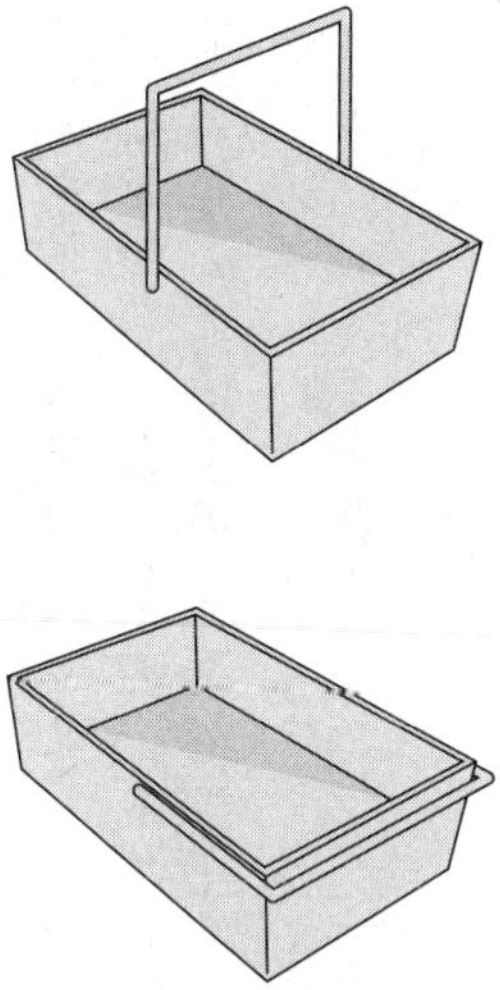

香河崎がいっそう不快そうな面持ちになった。「ピクニックに持っていって、さまになるとは思えんな。たんなる手提げ付きの容器じゃないか」

駒澤も同感だったが、触れたとたんに妙に思った。「おかしいな。内側の二面だけ、板が二枚重ねになってる。わずかに浮きあがってて、指で押すとガタつくよ」

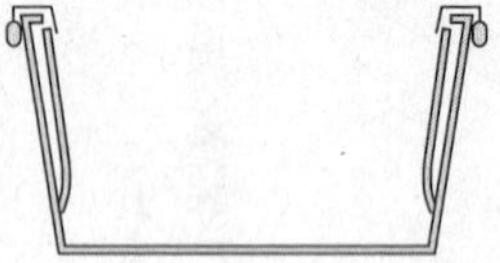

莉子がうなずいた。「本当ね。上部の留め金で板が押さえてある。どうしてこんな構造なのかしら」

「補強かな」駒澤は思索しながらつぶやいた。「いや、しっかり固定されてるわけでもないから、そうじゃないな。蓋《ふた》になるとか？」

「いえ」莉子が首を横に振った。「この二枚の板を取り外してみても、上を覆い尽くせる面積にはならない。なんだろな……」

「凜田さんにもわからない物があるのか。初めて知ったよ」

安斎が声高に燥《はしゃ》いだ。「きっと珍しい物だよ！　思いのほか古かったりして。明治や大正とか……。三万円ぐらいにはなるんじゃない？」

思わずため息が漏れる。駒澤は安斎に告げた。「まるで錆《さ》びてないし、材質はステンレスだよ。台所の流しに使われてる金属と同じ。どう見ても新しいから、二百円ってとこだね」

「そんな」安斎は情けない声をあげた。「しめて千二百円だなんて。それっぽっちで、いったい何が買えるってんだい」

香河崎が仏頂面でいった。「家とここの往復ガソリン代だな。どうもごくろうさん」

午後一時近く、莉子は昼の休み時間を利用してJ．O．Aをでた。飯田橋にある自分の店、万能鑑定士Qに舞い戻る。

同行した駒澤とともに、金属製容器のカタログや資料をデスクの上に引っ張りだして、片っ端から目を通していった。

用途や機能がわからない品物に出会ったら、それは知識を得るチャンスと思え。とことん調べ尽くすこと。かつてチープグッズの買い取りコーナーではそんなふうに教わった。

けれども、今回ばかりは手ごたえが感じられない。莉子はデスクに両肘《りょうひじ》をついた。

「んー。それらしき物もさっぱり見つからない。バスケット内側の二枚板って、いったい何なの？」

駒澤がカタログを閉じてサイドテーブルに積みあげた。「勉強熱心だね。尊敬するよ。夢中になりやすい性格ゆえに、なんにでも興味をしめせるんだろうね」

「あ……。駒澤さんはそうでもなかった？　つきあわせちゃってごめんなさい」

「いや。僕もあのバスケットの正体は知りたいよ。安く買い取ったら意外にも高価な物だったなんて、質屋の夢だからね」

「いまのところご期待に沿えそうにないかも……。うちのブログに画像載せておこうかな。ご存じのかたは情報をお寄せくださいって」

「いいのか？　万能鑑定士って店名なのに、わからないことがあるって白状するようなもんだよ」

莉子は思わず苦笑した。「いつもやってることよ。万能なんて名ばかり。いろんな人に支えてもらってるし」

使い慣れたカメラ付き極薄ケータイを取りだして、さっき質屋で撮ったバスケットの画像をブログにアップする。手早く文章の入力にかかった。

そのとき、自動ドアが開いた。見慣れたスーツ姿の小笠原悠斗《おがさわらゆうと》が、にこやかに声をかけてくる。「こんにちは。凜田さん。駒澤さんも、最近よく会いますね」

「どうも」駒澤は莉子の携帯電話を指差した。「お呼びたてして恐縮ですが、その画像にあるバスケットがどんな物なのかと思いまして。記者さんならいろんなことを知ってるだろうから」

小笠原は戸惑いのいろを浮かべた。救いを求めるようなまなざしを莉子に向け、苦笑いとともにいう。「入社以来ずっと干され記者の僕には、たいした知識はないし……」

莉子は否定した。「そんなことはないってば。でも、バスケットの品種に詳しい記者さんってのもあまりいなそう。わたしはそう思ったんだけど、駒澤さんが小笠原さんを呼ぶべきだって」

「へえ」小笠原はいっそう困惑を深めたようだった。「それは、お心遣いありがとうございます……。いえ、お役に立てなくて申しわけありませんというべきか……」

駒澤が頭を掻《か》きながら唸《うな》った。「うーん。どうにもぎこちない関係だな。ふたりとも、いつまでもそんな感じでいくつもり？」

莉子は思わずきいた。「え？」

小笠原もほぼ同時に声をあげていた。「え？」

妙に動悸《どうき》が速く打ちだしたそのとき、また自動ドアが開いた。

入ってきたのは二十代半ばぐらいの女性だった。セミロングの黒髪に丸い小顔、瞳《ひとみ》は笑うと線のように細くなった。フェイクレイヤードのカーディガンを上手に着こなし、洒落《しゃれ》た装いながらシルエットのスリムさを保っている。グッチのハンドバッグも服装にマッチしていた。

「いた！」女性はいきなり声を張りあげた。「やっと見つけた。おひさしぶりぃ」

女性が視線を向けているのは小笠原だった。その小笠原は、来客が自分の知りあいだとは予想もしていなかったらしい。心底驚いたようすで振りかえった。

「る、瑠美《るみ》さん!?」小笠原は目を丸くした。「なんでここに……」

瑠美と呼ばれた女性は、さも嬉《うれ》しそうに小笠原に駆け寄った。「勤め先の角川書店さんに行ったらさ、ここにきてるって教えてくれたの。小笠原君、変わってないね。ちょっと痩《や》せた？」

釣鐘を突いたような音《ね》が莉子の頭のなかで反響した。小笠原君……？

駒澤がすました顔でつぶやいた。「カオスの到来だな」

「あ」莉子はなんとか発声をひねりだした。「あのう……」

小笠原が向き直った。笑顔がひきつっている。「り、凜田さん。こちらは津島《つしま》瑠美さん。長坂中の同級生だよ」

瑠美は上機嫌そうに付け加えた。「高校も一緒だったじゃん。三つあった高校が合併して北杜高ができて、友達もみんなそこだったし。クラスは違っちゃったけど」

立教大学に入る前は山梨県立北杜高校に通っていたのか……。それ以前は北杜市立長坂中学校。莉子にとっては初耳だった。

あらためて意識せざるをえない。わたしは小笠原さんのことをなにも知らなかった。

小笠原は瑠美を見つめた。「たしか甲府の外資系企業に就職したんじゃなかった？この時期に上京なんて」

「有給休暇が溜《た》まってたから、それを使ったの」瑠美はハンドバッグから一枚の封筒を取りだした。「県立美術館の館長さんからのお手紙、預かってきてる。東京へ行くなら瑠美さんに持って行ってほしいって、ご両親が」

両親。さらに親しさをアピールするキーワード。莉子は気が気ではなかった。

「あ」小笠原は視線をさまよわせながらいった。「ああ、そう。手紙って？」

「浜砂琥太郎作『風と光の女』をふたたびお貸しいただきありがとうございます、って。実家の修理のために質入れしたなんて感動的な話ですって書いてある。小笠原君、あいかわらず優しいんだね。わたし思わずもらい泣きしちゃった」

「……館長さんの耳にも入ってるのか。わが家の恥もいいとこの出来事なのに」

「そんなことないってば。地元じゃ小笠原君の噂で持ちきりだよ？　わたしも、どうしても小笠原君に会いたくなっちゃって。ね、覚えてる？　大人になったら東京のレストランで食事しようって約束したじゃん」

「した……かな。いや、たぶんそうかな」小笠原は瑠美と莉子をかわるがわる見て、しきりに顔いろをうかがっているようだった。「ちゅ、中学生の戯言《たわごと》みたいなもんだからね。レストランっていってもファミレスぐらいしか知らなかったころの」

瑠美は小笠原と腕組みをして、にっこりと微笑みかけた。「じゃ、大人になってから知ったレストランに連れてって。お腹すいちゃった」

「あー……。空腹なら、なにか食べなきゃね」小笠原は、これまで莉子が見たこともないほど顔面をこわばらせながら、うわずった声で告げてきた。「凜田さん。同級生が上京してきたから、せっかくだから食事をおごるよ。しばらくぶりだし、クラスメートだったから」

ところが去りぎわに、瑠美は屈託のない笑みとともにいった。「おつきあいもしてましたー」

小笠原が咎《とが》めるようにささやく。「瑠美さん……」

瑠美は楽しそうに笑い声をあげた。「じゃ、お邪魔しました。失礼しまーす」

強引に小笠原を引きずるようにして、瑠美は自動ドアをでていった。

静寂のなかに自分の鼓動だけがこだましてきこえる。莉子にとってそんな時間が流れた。

やがて、駒澤が落ち着いた声で沈黙を破ってきた。「凜田さん、心配ないよ。少々のことでは彼の気持ちは揺らいだりしないから」

「え……。いえ、べつに。なにも気にしてはいないし。同級生さんだしね」

無理に浮かべた笑みがひきつって仕方がない。莉子はそう実感した。

午後三時をまわった。二十七歳になる従業員、栗林《くりばやし》は質屋J．O．Aの売り場でバックストックのチェックをしていた。さほど大きくないダンボール箱はすべて壁の棚に収納してある。発送元と品名のリストを片手に、業者から入荷したはずの商品の有無を調べた。

何度か調べてみたものの、どうにも見つからない物がある。栗林は店長室に向かうと、扉をノックした。

しわがれた香河崎の声が応じる。「どうぞ」

栗林は扉を開け、デスクにおさまった香河崎に告げた。「すみません。近所の保育園の注文で、中古のカスタネット三十個を調達することになってたんですが、届いてないんです」

「あん？　ちゃんと調べたのか」

「はい。同じ業者から代わりに、ええと、ミハルスとかいう品名の箱がきてるんですよ。区分も玩具《がんぐ》になってます。向こうが間違えたんじゃないですかね」

香河崎はうんざりしたようすでいった。「栗林。おまえ小学校に入りたてのころ、音楽の時間にはカスタネットを持たされたな？」

「ええ。もちろん」

「どんな物だった」

「はあ？　どんなって……。赤と青の二色で、丸くて。ゴムひもで結んであって。どこにでもあるカスタネットですよ」

「そのどこにでもあるカスタネットはな、カスタネットじゃないんだ」

「……いってる意味わかんないんですけど」

「だから」香河崎はじれったそうに告げてきた。「フラメンコのダンサーが片手で鳴らしとるのがカスタネットだ。そっちはもっと大きくて、二枚の円盤が閉じっぱなしで、鳴らすのにも技術がいる。赤と青にもなっとらん。これをいつも半開きの状態で、叩《たた》きゃ音がでるように簡単にしたのがミハルスだ。千葉みはるって人が考えたからミハルス。楽器じゃなく玩具だ」

「冗談でしょ？」

「ツイスト・タイにつづいてまたわしの血圧をあげる気か。今後も質屋で働く気なら勉強しとけ！」

「わ、わかりました。ミハルスね。しっかり覚えました」栗林は冷や汗をかきながら扉を閉めて、売り場に戻った。

そのとき、顔馴《な》染《じ》みの常連客が入店してきた。年齢は五十代後半、ひょろりと痩せて灰いろの口ひげをたくわえた、峰橋《みねはし》という男性だった。

セーターにデニムというカジュアルないでたちの峰橋は、愛想よく話しかけてきた。

「こんちは。工具を入れるのに適当な容器を探しててね。トンカチとかカノヅチとかを放りこんで、持ち歩くのに便利な……。安いので何かないかね」

「工具入れですか。そうですねぇ」栗林はカウンターの下の収納を見まわした。

ふと、手提げ式のバスケットが目に入った。

手に取ってみると、まだ値札が貼られていない。しかしここに置いてあるからには、ジャンク品も同然に売り払ってかまわないのだろう。それなりに値がつく品物なら倉庫、もっと高価ならば保管室にある。

栗林はバスケットをカウンターの上に置いた。「これどうです」

「……ああ、いいね。悪くないな。いくら？」

「五百円でどうですか」

わかった、買うよ。峰橋が応じたので、栗林はレジに移動して会計をした。包装は特にいらないとのことだったので、そのまま商品を手渡した。

峰橋がバスケットを手に立ち去ったのち、栗林は〝ミハルス〟のダンボール箱を開《かい》梱《こん》した。香河崎店長のいったとおり、子供のころカスタネットの名で馴染んだあの物体がたくさん詰めこんであった。

先生もカスタネットっていってたのにな。栗林がひとりつぶやいたとき、また男性がひとりエントランスを入ってきた。

今度の客は三十代後半、髪をきちんと整えて眼鏡をかけ、全身をスーツで固めたビジネスマン風だった。神経質そうな面持ちでカウンターの前に立つと、男性は低い声できいてきた。「さっき万能鑑定士Qという店のブログで見たんだがね。バスケットの画像が掲載されてた。こちらの店に在庫があると書いてあったからうかがった。見せてもらえるかね」

「バスケットですか？　残念。たったいま売っちゃいました」

「売った？」男性の表情がこわばった。「誰に？」

「誰って……。常連のお客さんですよ」

「その人の住所とか、名前はわかるかね」

「まあ、買うだけじゃなくて売ってくれるお客さんですから、帳簿に控えはありますよ。うちで品物を買い取るときには、身分証明書をご提示いただくんで」

「どこの誰だか教えてくれ」

「いや、それはちょっと……。質屋にも守秘義務ってもんがあるんで」

頬筋をぴくりとひきつらせた男性が、素早く懐に手をいれた。分厚い黒革の財布が取りだされる。男性の細い指先が、一万円札の束を引っ張りだした。「礼は弾むよ」

栗林は凍りついた。どう返事をしていいかわからず、その場に立ち尽くした。

そのとき、店長室の扉から香河崎の巨体が、のっそりと現れた。「栗林。ミハルスは確かめたか。わしのいったとおりだろ」

男性は財布を懐に戻し、踵《きびす》をかえすや立ち去りだした。いちども振りかえることなく、無言でガラス戸を押し開け外に消えていった。

昼休みの合間に少し調べものをするつもりで出かけたのに、すでに陽が傾きかけている。バスケットの正体をたしかめようと、製品カタログを延々調べつづけたせいだった。

代官山に戻るには、電車より新しく開通した路線バスのほうが便利そうに思えた。外堀《そとぼり》通りから迎賓館、明治神宮外苑《じんぐうがいえん》沿い、青山通りをひたすら進み、青山学院大学の角を折れてから、代官山までまっしぐらに進む。

駒澤は、バスの座席に並んで座る莉子の横顔に目を向けた。莉子はひとことも発しないが、どこかそわそわして見える。

「気になる?」と駒澤はきいた。

「な」莉子は妙にうわずった声をあげた。「なにが? べつになにも」

これはずいぶん気にしているな。さっきの状況で彼を引き留められないとは、よほど男性経験が少ないか、もしくは皆無に等しいのだろう。

車窓に視線を向けてみる。夕陽が濃さを増し、街なかをオレンジいろに染めあげていた。並木橋《なみきばし》の交差点を越えた。駒澤にとって馴染み深い、代官山駅近くの住宅街が目の前を流れる。

駒澤ははっとした。赤色灯の閃《ひらめ》きに注意が喚起された。パトカーが民家の前に停まっていた。制服警官の姿も見える。それも、しっかりと記憶に残る一軒家……。

駒澤はとっさにボタンを押した。ブザーが響き〝次停まります〟のランプが灯《とも》る。

莉子が驚いたようにきいた。「どうかした?」

「うちのお得意さんの家だ」駒澤は立ちあがった。「なにか事件があったのかもしれない」

バスはほどなく停車し、駒澤は莉子を連れて降車した。バス停からいまきたばかりの方向へ歩道を遡《さかのぼ》る。

パトカーが横付けしている、古びた戸建て住宅が視野に入った。やはり、質屋の近所に住む常連客、峰橋の家だった。玄関わきのガレージはふだんシャッターが下りているのに、きょうは開いていた。

近づいて覗《のぞ》きこむ。倉庫がわりになっている土間には、雑多な物が散乱していた。

峰橋が神妙な面持ちで、ふたりの制服警官を相手に立ち話をしている。

さいわいにも重大事件というわけではないらしい。パトカーも近くの交番から飛んできただけのようだった。警官たちの動きは緩慢で、増援を要請しそうな緊張感など微塵《みじん》もなかった。

駒澤は声をかけた。「峰橋さん」

こちらを見た峰橋が、悲痛な声をあげた。「ああ、駒澤さん！　物騒なことが起きたんで、一一〇番通報したところなんです」

「なにかあったんですか。こんなに散らかって……」

「でしょう？　ふだんはきちんと片付けてあったと、おまわりさんに証言してもらえませんか。こんなふうになったのは侵入者のしわざですよ。なのに本気で取りあってもらえなくて」

「いや」警官のひとりが表情ひとつ変えずにいった。「私どもは、通報を受けて現状の把握にきてるんで。ご説明いただいたことはちゃんと理解してますよ。ええと、三十分ほど前に帰宅してみたら、ガレージがこんなふうになっていた。ですよね？」

峰橋は興奮ぎみに駒澤にまくしたててきた。「あなたの質屋さんで買い物をして、いったん帰ったんです。それからまたコンビニにでかけて、五分か十分ていど留守にしました。そのあいだの出来事ですよ。シャッターは閉めてあったのに、誰かが開け放ったんです」

「鍵《かぎ》をかけてなかったんですか」

「とんでもない。いつも内側から施錠しっぱなしです。でもほら、あの窓が割られて」

隣家に面した側のサッシ窓だった。土間にガラスの破片が散らばっている。何者かがそこから侵入し、ガレージ内を物色したのち、シャッターを開けて逃げていった。そこまではたしかなようだった。

警官はなおも澄まし顔だった。「同居人か、ご家族は？」

「……いません」と峰橋は答えた。「私ひとりです。妻とは別れまして」

「その、元の奥様が家にお戻りになることは？」

心外だというように、峰橋は顔面を紅潮させた。「元妻が戻ってきてガレージで暴れていったとでもいうんですか。私が痴話喧嘩《げんか》を起こしそうな顔に見えますか。え？」

「落ち着いてください。お尋ねしているだけですから。それで盗《と》られた物はなにか？」

「いや。それがなにも」峰橋は怯《おび》えきった顔で駒澤に向き直ると、すがりつくようにいった。「三十年以上も住んできて、こんなことは初めてです。なんの前触れもなく事件に巻きこまれた。ひさしぶりの休暇に家でのんびりしようと思ったのに、これじ

すか？」

　駒澤はきいた。「いましがたの話ですが、きょう、うちの店においでになったんで
「はい。三時ごろにね。売り場には若い従業員さんひとりしかいなかった」

「なにか売りに来られたんですか。それとも買いに？」

「買ったんですよ。工具箱がわりに、バスケットをね」

　ちくりと針で刺すような感触が走る。駒澤は莉子を見た。莉子も真顔で見かえした。

　ふたたび駒澤は峰橋に向き直ってたずねた。「そのバスケットはどこに？」

「ほら」峰橋が土間を指差した。「すぐそこに落ちてます」

　壁ぎわのロッカーにおさまっていたはずの、オイル缶や水撒《みずま》きホース、除草剤、ほうきなどが、ほとんど床にぶちまけられている。そんななかに、見覚えのあるプラスチックの手提げ式バスケットが転がっていた。

　莉子がため息をついた。「あの黒いステンレス製バスケットじゃないのね」

「ああ」駒澤はうなずいた。「でも、たしかに店にあった物だ。ジャンク品扱いで、カウンターの下に投げこんであった」

　駒澤は拾いあげようと手を伸ばした。すると、峰橋が声を張りあげた。

「触らんでください！」と峰橋がいった。「犯人の指紋がついてるかも。おまわりさん。指紋、採取するんでしょ？　鑑識が来て、黄いろいテープを張りめぐらせて……」

ふたりの警官は半ば呆《あき》れたように顔を見あわせた。ひとりが峰橋に告げた。「鑑識まではちょっと。なにも盗られてないんでしょう？」

「でもまだ犯人が捕まってない以上、また襲ってくる危険だってあるでしょう。凶悪犯罪につながらないと断言できますか？」

当事者にしてみれば一大事だろう。駒澤は峰橋をなだめた。「どうか冷静に。侵入経路も見てもらったほうがいいですよ」

「……ですね。サッシの外はまだ確認してなかったな」

峰橋につづいて、全員でガレージをでる。隣家との境界にまわった。都内のこのあたりの家屋にしては狭間《はざま》も幅広く、容易に立ちいれる。地面はコンクリで固めてあったが、なぜか広範囲に濡《ぬ》れていた。

割られたサッシ窓の下に、一本のペットボトルが横たわっていた。ラベルは剥《は》がされ、蓋《ふた》も開けてあるが、なかにはまだ無色透明の液体が残されている。コンクリが濡れているのは、この液体をまき散らしたせいらしい。蓋も近くに転がっていた。

警官が峰橋にきいた。「これ、ガレージにあった物ですか」

「いや。初めて見ます。犯人の物かな？　なんの液体だろう。怖いな」

するとが莉子が静かにいった。「心配ありません、ただの水です。すぐそこの屋外用水栓ですが、誰かが蛇口をひねったらしくガーデンパンが濡れてます。侵入者が空《から》のペットボトルを水で満たして、硬さと重さを備えた棍棒《こんぼう》がわりにしたんでしょう。ガラスを殴りつけて割ったのち、その場に捨てたんです」

駒澤は莉子を見つめた。「ペットボトルの蓋が開けてあるのは？」

「辺りに撒いて、わずかな靴底の痕《あと》も洗い流そうとしたんでしょう」

警官が眉間《みけん》に皺《しわ》を寄せた。「ふつう物盗りは、自前のバールを持ってきますけどね。それに、わざわざ現場に捨てていきますかね」

莉子は顔いろひとつ変えなかった。「何者かが急に侵入を思い立ったのなら、道具の準備もなく、そのへんにある物で代用しようとするはずです。ペットボトルを捨てていったのは、ガレージ内のなにかを持ち去る前提での侵入だったからでしょう。両手を自由にしておきたかったんです。ボトルのラベルを剝がしたのは、指紋を残さないためです。かなり慎重な性格で、知性ある人物とみるべきです」

峰橋は憤然としたようすでいった。「ほら！　きいたか。彼女のほうが警察なんかより、よほど頼りになる」

困惑顔で警官が手帳にペンを走らせる。「待ってください、記録しておきますから。ええと。ペットボトルでガラスを割って……。ラベルがないから、どんな飲料だったかは不明」

莉子が告げた。「メーカーは不明ですが炭酸飲料です。飲み口のらせん部分に縦に切れこみが入ってます。炭酸でペットボトルのキャップが飛ばないよう、ガスを逃がすための溝です」

「すごい！」峰橋は声を張りあげた。「このお嬢さんのほうが刑事みたいじゃないか。警察はもっとしっかりしてくれなきゃ！　私は稼ぎこそ少ないが、それでも税金を払ってるんだよ。だいたい公僕というものは……」

長くなりそうだ。空の赤みもしだいに藍《あい》いろのなかに没しつつある。駒澤は去りぎわに峰橋に声をかけた。「僕らはこれで失礼します。なにかあったらまた店にご連絡ください」

返事を待たず、駒澤は莉子をうながして歩きだした。

莉子が小声できいてきた。「ほうっておいていいの？　お得意さんなのに」

「それより店のバスケットが心配だよ」駒澤はいった。「帰ろう。なにが起きているのか把握しないと」

午後九時過ぎ、ジャック・オブ・オールトレーダーズは閉店した。

莉子は駒澤とともに警備室に向かった。店長の香河崎と従業員の栗林も、すでに部屋のなかで待っていた。

問題のバスケットは無事だった。店をでる前、駒澤が箱にいれて倉庫に保管しておいたからだった。いまも全員が囲むテーブルの上に据えられた。

モニターできょうの売り場の防犯カメラ映像を確認する。録画は極めて鮮明だった。表示の時刻で午後三時をまわったころ、峰橋が訪れた。栗林の応対を受け、峰橋はプラスチックのバスケットを購入し帰っていった。

それからほどなく、眼鏡をかけたビジネスマン風の男性が現れた。栗林に対し、バスケットを見せてほしいと要求する。この男性は、万能鑑定士Qのブログを見たと明言したらしい。

駒澤がいった。「最近はブログをアップデートして十分と経たないうちに、キーワードや画像がグーグルの検索にひっかかるようになる。たぶん眼鏡の男は、ふだんからこのバスケットを探してたんだろう。しょっちゅう検索窓にバスケットと入力し、画像を表示してた。見つけたので、急いで買いに来たんだ」

栗林がおどけたように肩をすくめた。「おかしな奴でしたよ。金はいくらでもだすから、峰橋さんの住所を教えろとかいってくるし」

香河崎がじろりと栗林をにらんだ。「それでぺらぺら喋《しゃべ》ったのか」

「まさか！　峰橋さんの名前も明かしちゃいないですよ」

莉子は思わず唸《うな》った。「んー……。栗林さんはけさ売り場にいなかったから、この黒いバスケットを知らなかったのね。だから眼鏡の男性の問いかけに対し、もう売れちゃいましたって答えた。男性は、探しているバスケットが誰かの手に渡ったと信じた。なんらかの方法で峰橋さんの家を突きとめ、留守中にガレージに侵入して物色したものの、見つからなかった」

駒澤が莉子を見つめてきた。「眼鏡の男は、どうやって峰橋さんのことを知ったのかな。住所まで突きとめるなんて」

「方法はまだ不明だけど、このバスケットを買ったのが峰橋さんだと思いこんでいる以上、また狙いに来るかも」

香河崎は神妙な顔でバスケットを手にとり、眺めまわした。「こいつにいったいどんな価値があるというんだ」

だしぬけに、パチンと鋭い金属音がした。室内の全員がびくついて香河崎に目を向けた。

栗林が責めるような口調できいた。「まさか、壊したとか？」

駒澤も困惑のいろを浮かべた。「叔父《おじ》さん」

「わしは何もしとらん」香河崎は不服そうに顔をしかめた。「こう、持ち手をいじっとっただけだ」

いまの音はなんだろう。莉子は身を乗りだした。「テーブルに置いてください」

なかを覗《のぞ》きこんで、莉子は思わずあっと驚きの声をあげた。

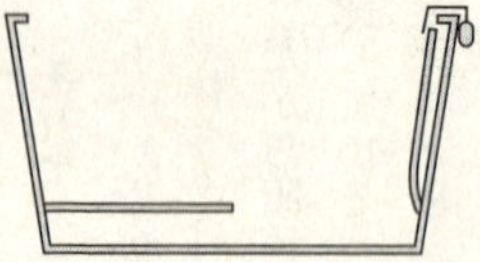

これまで内部二か所の側面に這《は》わせてあった板が、片側だけ底へと落ちていた。付

け根に小さな蝶番《ちょうつがい》がついていたらしい。板により、底は半分ふさがった。

莉子はつぶやいた。「留め金が外れるとこうなるのね。バネで勢いよく飛びだす仕組みみたい」

駒澤がバスケットの底を指でつついた。「今度は底部の半分が二枚重ねになって、またぐらぐらしてるよ。ぴったり這うわけでもなく、五ミリぐらい浮いてる。板が側面にあったときと同じだ。こういう仕様なのかな」

バスケットのなかには、乾燥しきった昆布に似た細かい切れ端が、ぼろぼろと落ちていた。板が側面にあったときに挟まっていたのだろう。海を漂流中に入りこんだに違いない。

それを指先でつまみとる。莉子はいった。「海藻ね」

「海藻？」香河崎が眉《まゆ》をひそめた。「東京湾にしちゃめずらしいな」

「ああ」駒澤もうなずいた。「バスケットが海に浮き沈みしてただけで入りこんだとなると、かなり群生してたはずだろう。でも横須賀《よこすか》から富津《ふっつ》にかけての湾内に、海藻の類いはほとんど生えないっていてきいたことがある。近くても三浦《みうら》半島の観音崎《かんのんざき》より西の磯場だな」

莉子も同感だった。「でしょうね。この海藻、葉が披針形をして切れこみがある。

たぶんホンダワラ」

香河崎が椅子にふんぞりかえった。「観音崎より先なら、徳伏の磯にホンダワラがいっぱい浮いとるぞ。釣りをしに行ったときに見た」

駒澤はいった。「徳伏か、ありうる。安斎さんは東京湾内の〝潮目の際〟でバスケットを見つけた。ステンレスは錆《さ》びにくい合金であって錆びないわけじゃない。でもこれはまだ綺麗《きれい》だし、傷も少ない。そんなに長期にわたって海中にあったわけじゃないだろう。流されてきたにしてもせいぜい神奈川県内。徳伏あたりが距離的に限界かもな」

栗林が無邪気に声を弾ませた。「徳伏周辺で探しまわれば、バスケットの持ち主が見つかるかもね」

香河崎は一喝した。「馬鹿いうな。あのへんの住民といったって大勢おるわい。海に落ちたのは徳伏だったとしても、よそから来た人間の物だったかもしれんだろう。だいたい、質屋にきた商品の元の所有者を探すなぞ、気が遠くなる話だ。少なくともわしらの仕事じゃあない」

覚めた表情の駒澤がたずねた。「知り合いの調査会社に頼んだら？　ムラーノ探偵事務所とか」

「金の無駄遣いだ。うちの店としちゃ、これ以上この件には首を突っこまん。駒澤も栗林もだ。わかったな」

　駒澤が莉子を見つめてきた。「きいたろ？　僕も叔父さんに雇われてる身だから、店をほっといて勝手には動けない」

「だけど」莉子は思いのままを口にした。「峰橋さんの家が狙われてる以上、見過ごせなくない？」

「なら、いちおう警察に連絡しておくか？　でもきょうのあのようすじゃ、本気になってくれないだろうな。このバスケットが何なのか判らないから、ことが重大かどうかさえもはっきりしない」

「そう……よね。どうにもならないのかな」

「ひとり忘れてるよ」駒澤は穏やかにいった。「事件を追いかけるなら、マスコミって手もあるじゃないか」

「小笠原さんのこと？」

　駒澤はうなずいた。「取材って名目なら経費を使って動けるんじゃないかな。それに、凜田さんにとってもいいことだと思う。パートナー候補だろう？　いろんな意味で」

風向きのせいか、磯のかおりはほとんどしない。

莉子を取り巻くのは、淡く透明感のある秋の午後の陽射しと、はるか遠くの水平線まで煌《きら》めきに満ちた海原、テトラポッドに砕ける白波の奏でる厳かな響き、それだけだった。

三崎《みさき》や金沢《かなざわ》の漁港が発達してから、この徳伏港は衰退の一途をたどった。埠頭《ふとう》にはほとんどひとけもなく、係留する船の数もごく少ない。漁船の寄港もなければ、貨物船の運航もなかった。地元の住民が日帰りで近海の無人島に渡る、あるいは自治体が最寄りの灯台や浮標の管理に利用する、そんないくつかの用途が残されているのみときく。

さびれた波止場から、錆びついたクレーンが置き去りにされた桟橋へと歩きつづける。

待ち合わせ時間よりわずかに早いが、小笠原は約束の場所にたたずんでいた。駆け寄るべきかどうか迷う。戸惑いを深めているうちにも歩が進む。距離は縮まり、やがて向かいあった。

「早かったね」小笠原は、いつものようににこやかに声をかけてきた。「奥浦のバス停からここまで、かなり歩いたろ？」

「ほんと」ごく自然な会話が再開している。そう実感しながら莉子はいった。「道路がおかしなほうへばかり連れて行くから……。何度もこっちから遠ざかっちゃって」

「……じゃあ、時間も有効に使わなきゃいけないから。さっそく始めようか」

「そうね」莉子は小笠原とともに歩きだした。

日常が戻りつつある。小笠原の物腰柔らかな態度は、以前となにも変わらない。でも心のなかはどうなのだろう。普段の生活は。

津島瑠美という同級生とは、その後……。

小笠原がきいてきた。「それで、手がかりになる写真って？」

「あ」莉子はあわてて封筒を差しだした。「はい。これ」

封筒の中身は、二枚のカラープリントだった。うち一枚は、防犯カメラに映った眼鏡の男性を、可能な限り拡大したもの。もう一枚は黒いステンレス製バスケットの写真だった。

ため息とともに小笠原が苦笑を浮かべた。「この周辺で聞きこみをして、男の素性を割りだせって？　かなりの無茶振りだね」

「ええ。でもなにもせずにいるよりは、調べてみたほうがいいかなって」

「凜田さんらしい積極性だな。まずは、港の責任者からあたってみるか」

小笠原はこの件を編集長にプレゼンし、一日限りの取材ならばという条件つきで承認をもらったらしい。

進展があるかしら、と莉子は不安だったが、小笠原の取材活動は想像していたより効率的だった。

港の管理事務所には、すでにアポイントメントがとってあるようだった。担当者は、過去半年間の業務日誌や、ここを母港とする船舶の一覧を用意し、待ってくれていた。

写真の人物やバスケットには、まるで見覚えがないと担当者はいった。しかし、ホンダワラが多く浮かぶ海域から東京湾まで流されたとなると、バスケットは沖合で船から落ちた可能性が高いと説明してくれた。海藻の群生と潮流が混在するのは、陸から十キロメートルほど離れた海域らしい。それより手前でバスケットを海に捨てて、遠方に運ばれることはまずない。洋上の船舶が付近を通ることもめったにないから、徳伏港の船であってもおかしくない。担当者はそう告げてきた。

安斎がバスケットを海から拾いあげたのが三か月前。それ以前の三か月間、港に出入りした船は、自己申告ながら事務所に記録を残していた。該当する船は十一隻。船長は、みな町内に住んでいるとのことだった。

小笠原は一軒ずつ電話をかけて、通じたところから事情を説明し、うかがって話をききたいと申しいれた。留守にしている家もあったが、九軒の家に訪問の約束を取り付けた。

それから順次、家をまわっては船をだしたときの状況をたずね、写真を見せて反応をみる、その手順をひたすら繰りかえした。

予想できていたこととはいえ、どの家庭も高齢者ばかりだった。さすが船乗りだけに元気で矍鑠《かくしゃく》としている人がほとんどだったが、困ったことに誰もが話好きで、一軒訪ねるたびに途切れないお喋《しゃべ》りに耳を傾けねばならなかった。話題は船と海のこと以外には、政治、病院、年金額への苦言ときまっていた。さらに、どの家も佃煮《つくだに》や煎餅《せんべい》、茶葉など土産を持たそうとするので、手荷物も増えて持ちきれないほどになった。これが托鉢《たくはつ》だったら大成功だろうが、帰りのバスと電車を考えるとため息しかでなかった。

そんななか、八軒目にあたる〝白柳《しらやなぎ》〟と表札のでた家に行きついた。門柱には〝ご希望にて船を出します　ご相談ください〟と筆書きした板が掲げてあった。

痩《や》せ細った身体つきながら肌が高校球児のように焼け、推定される実年齢よりずっと若々しく見える白柳は、庭先の縁側で写真を見るなりいった。「ああ、須磨《すま》さんね。

るか」
「どこの誰……って、そりゃようわからんな。ちょっと待っとくれ。帳面を取ってく
るか」
　小笠原も興奮ぎみにたずねた。「どこの誰ですか？」
　疲労も吹き飛ぶ発言に、思わず耳を疑う。莉子は固唾《かたず》を呑《の》んで白柳を見つめた。
よく覚えとるよ」

　呼びとめる間もなく、白柳は家の奥に引っこんだ。じれったく思えること数分、ノ
ートを片手に、白柳はまたぶらりと縁側にでてきた。
　老眼鏡をかけた白柳は、しきりにうなずきながらページを繰った。「ああ、こりゃ
懐かしいな。幼稚園の子らを船に乗せてくれと頼まれてな。お母さんがたも一緒に乗
ったんだが、みんな酔って気分が悪くなっちまって。子供にゃ泣かれて散々だった」
　莉子はうながした。「すみません。須磨さんって人の話を……」
「須磨？　ああ、あの人か。待っとくれ」白柳は、顔をノートにくっつけんばかりに
して文面を眺めまわした。「これだ。四月……十二日だな。このときに須磨さんを乗
せた。夜更けに船をだしたからな、よく覚えとる」
　小笠原が驚きのいろを浮かべた。「夜更け？」
「そう」白柳は大きくうなずいた。「十時か十一時か、戸を叩《たた》いてきてな。私ゃもう

寝とったんだが、音ですっかり目が覚めた。起きだしてみると、この人が立っててな。いまから船をだせないかというんだ」

「了承されたんですか？」

「まあ、ねえ。なにしろ分厚い財布を懐からだして、礼はいくらでも弾むとか、そんなことというもんだから。できるだけ遠くまで行って、すぐ戻ってくれていいって話だった。夜中だし、そんなに遠くへは行けねえよといったんだが、とにかくだしてくれと急《せ》かすんだよ」

「須磨さんって人は、ひとりだけで乗船したんですか」

「ひとりだった。あ、でもな。私をいれたらふたりだ」

「それはそうでしょうけど……。で、白柳さんが船を操縦して、沖にでたと」

「うちのは小ぶりだけどな、結構速いんだ、これが。燃費は悪いけどよ。ひたすら真っ暗な海を進んでいって、だいぶ遠くまで行って。もうこのへんでいいですかときいたら、いいっていうから、引き返したんだよ」

小笠原がバスケットの写真を見せた。「須磨さんはこれを持ってませんでしたか」

「さあ……。どうかな。大きなカバンみたいなのはさげてたかな。よく覚えとらん」

「わかりました。それで、帰港してから報酬を受け取りましたか」

「当たり前だろが。ただ働きなんかできるかい。そうだ。須磨さん、そんときに領収書を切ってくれって。社名も記入を頼まれたな。ほら、これ」

莉子はノートに貼られた、カーボンで複写された控えの用紙を見つめた。

金額は十五万円。名義はトーティーム・リサーチ株式会社様、となっている。

白柳は明るく笑った。「収入印紙を二百円貼ったら、須磨さんに四百円だって怒られちゃってね。あんな金額いっぺんにもらったことないから、腰抜かしちゃったよ」

陽が傾きだしたころ、莉子は小笠原とともに徳伏港の埠頭《ふとう》に戻った。

しばし莉子は呆然《ぼうぜん》とした気分で、小笠原を見つめていた。

小笠原がきいた。「どうかした？」

「いえ。……あのう、なんていうか。こんなに進展があるとは思わなかったから」

「ああ、編集部の先輩が事前に市役所経由で、管理事務所に話を通しておいてくれたからね。取材の要領も詳しく教わったよ。なにしろ、ずっとデスクワークばかりで現場にでてなかったから」

莉子は胸が高鳴っているのに気づいた。駒澤さんがいっていたとおりかもしれない……。記者なんだし。案外頼りになるよ。ささやくような声がいまも耳に残っている。

やがて小笠原が神妙につぶやいた。「さっきの領収書の名義、どんな会社かな」

その発言に、莉子は我にかえった。「そうだった。調べなきゃ」

iパッドを取りだして、グーグルの検索窓に入力してみる。トーティーム・リサーチ。

検索結果が表示された。該当数はなんと七百六十万件。トップに公式とおぼしきウェブサイト、次にウィキペディアの記事がある。

項目をクリックすると、会社概要が現れた。所在地は東京都港区。事業内容はメディア・リサーチおよびマーケティング・リサーチ。おもにテレビ視聴率調査。

小笠原が目を丸くした。「視聴率調査？」

「そうかぁ」莉子はいった。「きいたことがあると思った。電通出資のビデオリサーチ社と並んで、よく番組の視聴率発表で見かける社名よ。トーティーム・リサーチ調べって」

「いわれてみればたしかに……」小笠原はiパッドの表示を見つめた。「二〇一二年三月三十一日時点で純資産百七十六億七千八百万円。従業員数三百七十二人。大会社だよ」

「須磨さんはそこの社員ってこと？」

ふいにクルマのエンジン音が近づいてきた。振りかえると、オレンジいろの日産マーチが埠頭に乗りいれ、こちらに向けて走ってくる。

マーチはすぐ近くで停まった。〝わ〟ナンバーだった。ドアが開く。運転席から津島瑠美が降り立った。

「じゃーん」と瑠美は笑みとともにいった。

小笠原がぎょっとして声をあげた。「瑠美さん！　まさか。こんなところにどうして？」

「会社訪ねたのに、小笠原君また外にでてるっていわれてさ。しかも今度は行先教えてくれなくて」

「そりゃ……。取材の場合はそうだよ。出先は秘密なんだ」

「でもわたしたち、全然だいじょうぶだもんねー。絆《きずな》で結ばれてるから」

莉子は怪訝《けげん》な思いとともにつぶやいた。「絆……？」

すると小笠原が、どこかバツの悪そうな顔になった。ためらいがちに懐から携帯電話を取りだす。

「じつは」小笠原は声をひそめてささやいてきた。「このあいだ食事をしたときに、ZE—GPS位置情報アプリをデータ交換させられちゃって……。どうしてもって頼まれて」

もやっとしたものが莉子のなかに生じた。

そのアプリならわたしも携帯電話にインストールしてある。わたしがどんなケータイを使っているか、小笠原さんは知っているはず。でもデータ交換したいなんていちども……。

瑠美は小笠原に駆け寄ると、遠慮もみせず寄り添った。「探索してみたら小笠原君、なんか神奈川の僻地《へきち》に出向いてたからさあ。クルマ借りてきて、迎えに来たのー。一緒に帰ろ」

ひたすらまごつくばかりの小笠原を見るうちに、莉子のなかでなにかが冷えこんでいく気がした。

莉子は背を向けて歩きだした。

「あ」小笠原の声が背に届く。「凜田さん。待って。ここは交通の便悪いから……」

ひとり後部座席に乗れって？　混乱しているとはいえ、そのひとことだけはききたくなかった。

「バスで帰るから」莉子は振り向きもせずにいった。「さよなら」

翌朝、質屋のカウンターのなかで、駒澤は呆《あき》れ顔をして莉子を見つめてきた。「それでひとりで帰ったのか？　その後も小笠原さんと連絡なし？」

「だって」莉子はくぐもった自分の声をきいた。「状況が状況だったし……」

駒澤はため息まじりにいった。「まあ、それはいいよ。でも視聴率調査会社ってのは意外だったね」

「ネットで調べてみても、詳しいことがよくわからないの。関東地区だけなら六百世帯を無作為に抽出して、家を訪問して測定機をテレビに接続させてもらう……。らしいんだけどね」

「六百世帯？　視聴率を調査するサンプルって、そんなに少ないのか」

「昔は三百世帯だったって。もちろんサンプルの対象になる世帯は、テレビ局の社員や芸能関係者でないことをあらかじめ調査したうえで選ばれるの。一パーセント上下するだけで、巨額のスポンサー料に影響がでる業界だから……。公正を期すために、サンプルの抽出はさらに別の会社に委託するそうよ」

「きいたことがある。サンプル・サーベイヤーといって、視聴率のほか就職率や既婚率とか、世論調査などに必要とされるサンプルを、公平に選びだす専門会社だな。アメリカのそういう企業を取材した番組を観たけど、対象になる世帯や個人が一枚ずつ紙に書いてあって、それが何千と山積みにしてあるんだ。で、社員が混ぜて、必要な数だけ拾いあげて、クライアントに提供する。やり方がアナログなんだよ。選挙に投票用紙を使うのと同じで、そのほうが不正がはびこりにくいんだな」

「視聴率調査の場合、サンプルに選ばれた世帯のテレビに測定機をつけても、数週間はデータに反映されないそうよ。どうしてかわかる？」

「初めのうちは家族がかっこつけちゃって、自分たちの観たい番組を観ない可能性があるから……かな」

「当たり。Eテレとか教養番組の視聴率ばかり高くなっちゃうんだって。ネットでわかったのはそれぐらい。調査の詳細はもちろん秘密だし、担当部署もはっきりしない」

「同じマスコミ関係者ならもう少し調べられるんじゃないかな。週刊誌記者とか」

なんとなく苛立《いらだ》ちが募る。莉子は首を横に振ってみせた。「視聴率調査会社の裏側に入りこむのなんて無理よ」

駒澤がさらりといった。「もう少し信じてあげてもいいんじゃないかな」

そのとき、エントランスのガラス戸を押し開けて、峰橋が血相を変えて飛びこんできた。「駒澤さん！　大変なんですよ。これを」

峰橋は手にした紙片を差しだした。そこにはプリンターの印字が整然と並んでいた。

今晩零時までに、質屋で買ったバスケットを福生《ふっさ》市南田園一丁目、多摩川沿いの河川敷に置け。必ず一人で来い。拒否すれば家に火をつける。

売り場に峰橋の悲痛な叫びがこだまする。「どうしましょう！　こんな脅迫状を寄こすなんて、ヤクザかなにかでしょうか。バスケットならガレージにあったのに。盗まずに放りだしておいて、私に持ってこいという。意味がわかりませんよ」

莉子は困惑せざるをえなかった。やはりあの眼鏡の男性は、黒のステンレス製バスケットが峰橋のもとにあると思いこんでいる。

駒澤は穏やかな声で峰橋に告げた。「どうか落ち着いて。この紙、どこで受け取ったんですか」

「さっき家の前にでたら、白いバンが停まっていたんです。運転席の男が手招きするから、近づいていったら、これを私に押しつけてきて。驚いているうちに急発進して、走り去りました」

「その男の顔、見たんですね」

「ええ。丸々と太って、目が細くてね。特徴的な面構えだから、いちど会ったら忘れません」

「そのバンの車種やナンバーは？　昼間なんだし、あのあたりの道は常時混んでる。一瞬で走り去るのは不可能ですよね」

「そうなんです。ただし、ワンボックスでトヨタだったとしか……。ナンバーはですね、川崎300。〝お21―71〟だったか〝71―21〟だったか、そのどちらかだったと思います」

「3ナンバーか。アルファードか、それともハイエース・ワゴンかな」駒澤は冷静な口調のままだった。「峰橋さん。これは明白な脅迫です。今度こそ警察に相談したほうがいいでしょう」

莉子は整理しきれない複雑な気分を感じながら、駒澤に進言した。「本当のバスケットはこの店にあるのよ。通報するならお店としても関わりは避けられなくなるけど」

「そうか」駒澤は軽くため息をついた。「叔父《おじ》さんの怒りを買いたくはないな。なら、この脅迫文の指示に従ったほうがいいかも」

峰橋はあんぐりと口を開けた。「従う？　このとおりにしろってんですか。というより、いまの話はどんな意味ですか。本当のバスケットって？」

駒澤が莉子にささやいてきた。「きょう仕事が終わった後で、峰橋さんと多摩川まで行こう。叔父さんには内緒だ。警察には頼れないけど、例によって記者さんを呼ぼうよ。この件を取材中なんだしさ」

莉子は思わず反論しかけたが、言葉を濁さざるをえなかった。

たしかに小笠原は、バスケットの謎を追うことについて編集長の承認を得ている。重大な動きがあったのに知らせないのは無責任だった。

「わかった」と莉子はつぶやいた。「連絡してみる……」

その夜、十一時過ぎ。小雨のぱらつく中央道の八王子《はちおうじ》インター出口を、峰橋の運転する軽自動車が通過した。赤いテールランプが市街地に向かう。

駒澤は、叔父から借りたセダンのステアリングを握り、その軽自動車を追っていた。必ず一人で来い、脅迫状がそう指示しているからには、分乗するのが無難だった。

セダンの後部座席には、莉子と小笠原が並んで座っていた。小笠原はときどき莉子に話しかけるが、莉子のほうは気のない返事をするばかりだった。沈黙に包まれがちな車内の重い空気に、駒澤は少々困惑せざるをえなかった。

東京環状を北上し、昭島《あきしま》市に入る。新奥多摩街道を走行し、交番前の交差点を左折して市街地から外れる。睦橋《むつみばし》通りを西に行き、街灯もほとんどない暗闇のなか、多摩川沿いの小道まで達した。

軽自動車が路肩に寄せて停車する。駒澤もその後方にセダンを停めた。

民家はあるが静寂に包まれている。人の往来もなく周辺はひっそりとしていた。川のせせらぎとコオロギの鳴き声だけが車内にしのびいってくる。

前方で軽自動車のドアが開くのが見えた。峰橋が車外に姿を現す。抱えているのは、例の黒いバスケット。莉子の入念なチェックを経て、日没前には峰橋に渡されていた。

こっそり持ちだしたことを知ったら叔父も激怒するだろう。しかし真実に近づくには、とりあえず先方の動きに乗ってみるしかなかった。

峰橋は不安そうにこちらを一瞥《いちべつ》したが、意を決したように土手の斜面を下っていった。さほど川には近づかず、開けた河川敷にバスケットを置き、引き返してきた。

いい位置だな、と駒澤は思った。ここからでもはっきりと見える。誰かが取りにくれば判別できる。

軽自動車に戻った峰橋が、頼みましたよ、そういいたげなまなざしを向けてきた。すぐさま運転席に乗りこみ、エンジンがかかる。峰橋の軽自動車はヘッドライトを点灯し、その場から走り去った。

その場に留《とど》まるセダンの後部座席で、莉子がつぶやいた。「あとは忍耐との勝負ね……」

たしかに。周囲に見張りはいないようだ。動きがあるのをじっと待つしかない。

しばらくして、携帯電話のバイブ音が車内に響いた。

小笠原がケータイを取りだして応じる。「はい。……あ、いや。帰ってないよ。いま出先なんだ、取材中で。食事は明日《あした》だったよね？　……赤坂のラ＝クレールで七時。わかった」

はぁ。莉子がため息をつき、無表情のまま窓の外を見やる。小笠原は気まずそうにしながらも、電話に応対しつづけた。

通話が終わったあと、車内は静まりかえった。小笠原が莉子に目を向ける。「あ、あのう……」

「何」と莉子が低い声できいた。

気迫に押されたのか、小笠原はひきさがる態度をしめした。「なんでもない」

駒澤はきいた。「小笠原さん。津島瑠美さんってのは恋人？」

「え」小笠原は慌てふためいたように、吃音《きつおん》を発しながらいった。「ど、ど、どういう意味で……。いや、昔からの知り合いで、友達で。そのう。同級生なんです。べつにそれ以上ってわけじゃないし」

莉子はドアを開けて外にでていった。「そこのコンビニに行ってくる。お腹すいた」

「凜田さん」小笠原は車内から呼びかけた。「危ないよ。ひとりで出歩いたら……」

しかし莉子はドアを叩《たた》きつけ、さっさと歩き去ってしまった。


午前五時半をまわり、曇り空がわずかずつ明るみを帯びていく。多摩川の河川敷もうっすらと浮かびあがってきた。

三人はセダンの車内で、莉子が買ってきたサンドウィッチやコーヒーをとりながら時間を潰《つぶ》してきた。食事も終わり、ろくに会話もないまま朝になった。

ときおり、ごく浅い眠りに落ちた気はする。駒澤にはそんな自覚があった。しかし熟睡には至っていない。たぶん、後ろのふたりも同様だろう。

河川敷を眺める。黒いバスケットは、あいかわらず放置されたままだった。

莉子が伸びをしながらつぶやいた。「結局、誰も現れなかったね」

ふいに携帯電話が鳴った。今度は駒澤のケータイだった。

駒澤は通話ボタンを押して応答した。「はい？」

「峰橋です！」その声はずいぶん弾んでいた。「けさ表にでてみたら、ガレージのシャッターにまた手紙がはさんであったんです」

「手紙？　脅迫文ですか」

「今度は違います。読みますよ。ええと『勘違いをお詫《わ》びする。今後はいっさい迷惑をかけないと約束する』……以上です。これ、もう安全が保証されたと考えていいんですよね!?」

「……そうですね。とりあえず、ゆっくりお休みになっていいと思います。僕らはまだ多摩川沿いにいます。それじゃまた」

電話を切る。釈然としない思いのまま、駒澤は河川敷を見やった。バスケットに近づく者は、依然として皆無だった。

ドアを開けて、駒澤は車外にでた。莉子と小笠原も同じようにした。

ひんやりと肌寒い朝の空気のなか、土手を駆け下りていく。やわらかい芝生を踏みしめ、河川敷に降り立った。バスケットがぽつんと置いてある、その周りを三人で囲む。

小笠原がいった。「意識のすれ違いかな。犯人はまた勘違いしてる。峰橋さんが持ってるのは違うバスケットだと気づいた。河川敷に置かれたのもそれだと思いこんで、現れなかったとか」

莉子がかがみこんでバスケットを拾いあげる。眺めまわすように観察した。

駒澤はきいた。「どうかした？」

「……いえ」莉子は駒澤とも、小笠原とも視線を合わせなかった。「バスケットはお店に戻しましょう」

「そうだな。叔父さんが気づく前に返しておかないと。でも……」

莉子のほうは、ここで立ち話をつづける気はないようだった。ひとり十手をのぼってセダンに歩き去っていく。

小笠原が当惑のまなざしを向けてきた。駒澤も小笠原を見返さざるをえなかった。

夜七時過ぎ、小笠原は赤坂のフレンチ・レストラン、ラ＝クレールのテーブル席で、瑠美と向かいあっていた。

会社帰りの冴《さ》えないスーツ姿の小笠原と違い、瑠美はコートの下にパーティードレス風のやや派手な装いをしてきていた。ワイングラス片手に、いつものように瑠美の上機嫌なお喋《しゃべ》りが始まる。

小笠原は微笑とともに会話につきあっていた。彼女の声はきこえる。ただし、内容はさっぱり心に響かなかった。

「でね」瑠美はいった。「広谷《ひろたに》君は結局そんな感じだったから、わたしはもっと幸せになんなきゃって心に決めたのね。小笠原君はすごく優しいし、昔からずっと感じのいい人だなって思ってたから……。ねえ、上京して一緒に住むとしたら、いい場所ある？」

思わずワインにむせそうになる。小笠原はあわてた。「い、一緒に住むって……」

「わたし新築マンションの高層階がいいかなって。小笠原君は？」

「僕は……。まだヒラだし、安月給だし。ワンルーム暮らしが性《しょう》にあってる」

瑠美はにっこりと笑った。「共稼ぎなら問題ないでしょ」

鼓動が速くなるのを覚える。小笠原は言葉を失っていた。

彼女の気持ちはわかっている。どんな状況かも理解している。でも、こちらから伝えねばならないことがある。

見つめあっていると、濁流に呑《の》まれたがごとく自分の意思を失ってしまいそうだ。目の前にいる人を傷つけたくない。好意を持ってくれているのに。

でも……。こうしている時間が、凜田さんを傷つけているのだとしたら。

「瑠美さん」小笠原は居住まいを正した。「あ、あのう。僕は……」

そのとき、足ばやに歩み寄ってくる人影を見た。ウェイターかと思ったが、違っていた。小笠原は思わず驚きの声をあげた。「駒澤さん?」

駒澤は、いつものクールな振る舞いからすると、ずいぶんせっかちに思える口調で告げてきた。「小笠原さん。ここに来れば会えると思いました。ゆうべ車内で電話したのをきいてたので」

肝を潰しながら小笠原はたずねた。「何か御用でも……?」

「一大事です。凜田さんがいなくなった」

酔いも吹き飛ぶような衝撃が襲う。小笠原は立ちあがった。「いなくなったって、どういう意味ですか」

「わかりません。昼過ぎに質屋から姿を消して、それっきり連絡がとれないんです。飯田橋の店にもいませんでした。ケータイは着信拒否に設定されてるみたいです」

小笠原は携帯電話を取りだした。莉子の番号にかけてみる。

だが通じなかった。女性の声が機械的に応ずる。お客様の都合により、ただいま電話にでられなくなっております……。

ケータイの液晶画面の端に、いままではなかった小さな表示があった。これは……。

駒澤が真顔で訴えてきた。「ようすもおかしいんです。例のバスケットがなくなってる。凜田さんが持ってでたんでしょう」

血の気がひくとはまさにこのことだ、小笠原はそう実感した。

これまでにも彼女は、ひとりで真相に気づいて、みずから危ない橋を渡ることがあった。向こう見ずな大胆不敵さは、他人を巻きこみたくないという彼女のやさしさかもしれない。

しかし……。もう他人ではない。だからほうってはおけない。

小笠原は駒澤を見つめた。「行きましょう。凜田さんを探しに」

「行くって……。あてはあるんですか？」

「ええ。なんとかなるかもしれません」小笠原は近くにいたウェイターを呼びとめて、財布を取りだした。「先に払っておくよ。連れは最後まで食事するから」

瑠美が面食らったようすできいてきた。「待ってよ。凜田さんって、お仕事関係の人でしょ？　港でも一緒にいた……。なにかあったの？　きょうはもう仕事終わったっていってたじゃない」

心拍は速まるばかりだった。瑠美は不満顔だった。彼女も人間関係の把握に鈍いのか、それとも薄々気づきつつある事実を認めたくないのか。

なんにせよ、いうべきことははっきりしている。

「ごめん」小笠原は静かに告げた。「僕の将来、もう心に決めてる人がいるから」

凍りついた瑠美の表情を見かえすのは辛《つら》かった。もっとうまくいえなかったのかと自責の念が胸をかすめる。だがここに留まれば、より大きな後悔が待っている。

小笠原は同級生に背を向けて歩きだした。自分に嘘はつけない。たいせつな明日《あした》から目を背けられるはずがない。

夜九時半になった。

首都圏のはずれ、桐真駅から歩いて十五分ほどに位置する工業地帯は、この時間になっても化学系の嫌なにおいが漂っている。身体に悪いかどうか、たしかなことはわからない。ただ、悪臭がひとつの障壁となり、人が近寄りがたいと感じる区画には違いなかった。

夜間は操業を停止している工場の駐車場近く、日中ゲートを管理するために設けられたテントの下は、須磨にとって好ましい密会場所のひとつだった。壁がないから日没後は自由に足を踏みいれられる。長テーブルや椅子も放置されている。

時間きっかりにあの男が現れた。須磨は、男が持参した物をテーブルの上に置かせた。パイプ椅子に腰かけ、懐中電灯で照らす。ずり落ちそうな眼鏡の眉間《みけん》を何度か指で押さえ、細部にわたり観察した。

男がきいてきた。「須磨さん。間違いありませんか」

「ああ」須磨はいった。「でかした。たしかにあのバスケットだ。仕掛けもそのまま。こうして持ち手を……」

手提げ部分を何度か左右に揺らす。パチンと音がして、側面にあった二枚の板のうち一枚が、底に這《は》う。

ところがそのとき、須磨は違和感を覚えた。

バスケットのなかに、なにかが転がりだした。側面の板に挟まっていたらしい。プラスチックカード、いや極薄の携帯電話だった。

五ミリていどの隙間にぎりぎりおさまるそのケータイを、須磨はつかみだした。電源に触れてみると、液晶画面が点灯した。着信履歴が表示されているが、応答の記録に〝拒否〟の二文字がいくつも並んでいる。電話を受けないよう設定してあったようだ。

「おい」須磨は男にたずねた。「こりゃいったいなんだ」

男は首をかしげて携帯電話を眺めた。「さあ。わかりません」

「とぼけるな！　こんな物が入ってたはずがない。しかもバッテリーが生きてるじゃないか。昨日《きのう》か今日《きょう》しのばせたにきまってる」

すると、若い女性の声が闇のなかに響いた。「そう。昨日わたしがおさめておいたんです。こんな場所を選ぶなんて、ほんとに慎重の極みですね」

莉子はひとりたたずんで眺めていた。工場脇のテントの下、パイプ椅子に座っていた眼鏡の男性が、ゆっくりと立ちあがる。暗闇でも、彼自身の灯《とも》した明かりのせいで過不足ない。もうひとりの男も、仰天の面持ちでこちらを見かえしている。防犯カメラの映像と同じく、仕立てのいいスーツ姿だった。神経質そうな顔つきも変わっていなかった。彼はついいましがた、須磨と呼ばれていた。それが彼の名か。もうひとりは顔見知りだった。莉子は静かにいった。「こんばんは、峰橋さん。ゆうべはどうも」

峰橋は唖然《あぜん》としたように口を開けていた。下から光を受けて闇に浮かぶその顔は、怖いというよりただ情けなく見える。

しばし立ち尽くしていた須磨が、憤然としたようすでケータイをしめした。「きみ。これはきみのか」

「そうです」莉子は答えた。「きのう、脅迫文が届いたという峰橋さんにバスケットを預ける前、手を打っておきました。ZE—GPS位置情報アプリのデータを、わたしのiパッドだけが受信できます。移動を確認して、追いかけてきました」

「なんと」峰橋がおろおろとしながらいった。「そりゃあんまりだよ。私が脅されてるのを知ってたにもかかわらず……。しかも私には教えてくれなかった。多摩川へバスケットを引き渡しに行って、やばい目に遭ったらどうしてくれるつもりだったんだね」

この期に及んでまだ、小芝居が効力を持っていると信じているなんて。莉子は軽蔑《けいべつ》せざるをえなかった。「脅迫文が狂言だってことはわかってました。家の前で白いバンに遭遇したなら、車種やナンバーを見たはずと駒澤さんが指摘したでしょう。あなたはそれももっともだと思い、焦ってでたらめを口にした。川崎300、お21―71。または71―21といった。でもナンバープレートに〝お〟はありません。駒澤さんも気づいてました」

「わ、わかってて多摩川までつきあったってのか？」

「誘いに乗ってみないことには、真実があきらかにできませんから」莉子は手にしていた物体を地面に投げ落とした。うつろな金属音が静寂に響く。

莉子は告げた。「お返しします。見た目も色も素材もバスケットと同じ、傷んだ感じもうりふたつ。けれども、内部の可動する二枚板が存在しません。峰橋さん。これにすり替えるために狂言を働きましたね。ずっと河川敷に置きっぱなしだったはずのバスケットが、朝たしかめてみたらこれになってた。あなたは手渡されたバスケットを軽自動車に積んで多摩川に向かい、自分の手で河川敷に置いた。あなた以外にない。須磨さんに買収された共犯者だったんですね」

「共犯だなんて。私は犯罪なんか……」

須磨が片手をあげて峰橋を制した。まっすぐ莉子を見据えて須磨はいった。「きみ、ブログにこのバスケットの画像を載せた鑑定家さんか。凜田莉子さん。そうだな？」

「はい」莉子は臆《おく》せず返事した。「ずいぶん手間がかかりましたけど、やっぱり載せておいて正解でした。ようやくその製品がどんな物かわかったんですから」

「ほう……。ならきくが、いったいこれは何かな」

「あなたが仕事でお使いになる道具でしょう。株式会社スラッシュの須磨さん」

さすがに須磨の表情がひきつった。「なぜそこまで……」

「秘密のバスケットを処分するためだけに、夜中にさびれた港に赴き、船をだして洋上で捨てる。そこまでの慎重さには頭がさがりますが、お金を節約しすぎるのも考えものですね。経費を大手取引先のトーティーム・リサーチに請求すべく、領収書を受け取ったでしょう。お金持ちのクライアントだから、どんな支払いにもさほど事情説明を求めない。たくさんの領収書をいちどに提出すれば、まとめてお金を振りこんでくれる。それが悪癖となって定着してたんですね。視聴率調査で知られるトーティーム・リサーチの主要取引先をみると、テレビ局のほかにスラッシュ社の名があった。いろんな調査において対象となるサンプルの抽出を請け負うサンプル・サーベイヤー。あなたの勤め先です」

「な」須磨の声のトーンはしだいに高くなりつつあった。「なにをいってるのかわからんな。ちょっと変わった構造のバスケットを捨てたからって、どうしてそんな話になる？」

「サンプル・サーベイヤーは、クライアントとなる企業を前にサンプル抽出をおこなうでしょう。条件にあった世帯や個人が書かれた紙が山積みになってて、そこから必要な数を取りあげる。もちろん、一部始終にクライアントが立ち会う。でも紙の回収に、そのバスケットが使われたら？」

「……片方だけ板が底に落ちる仕組みが、なんの役に立つというんだ」

「片方しか動かないのは壊れているからです。本来は持ち手を揺らすと、両方の板が同時に底に這う仕掛けだった。二枚の板で底がふさがれるんです」

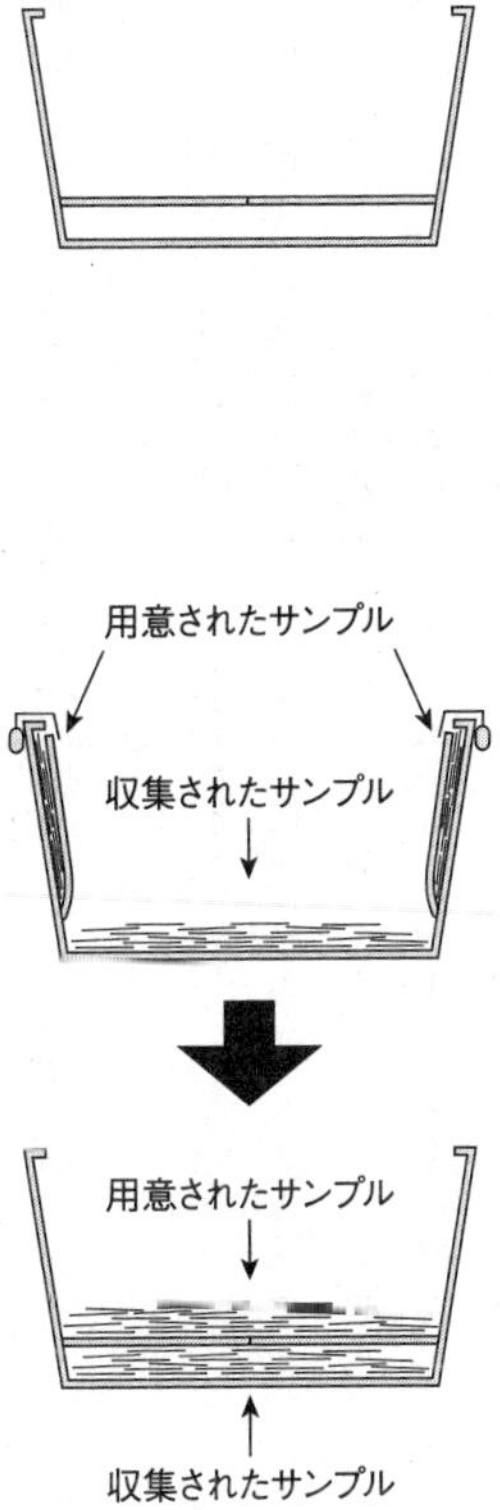

莉子はいった。「あらかじめ側面に、自分たちの用意した紙をいっぱい仕込んでおけば、用紙を集めた後、手提げ部分を揺するだけで一枚残らずすり替えられます。紙はぺしゃんこになるから、五ミリの隙間でもかなりたくさんの枚数がおさまる。あとは、あなたがクライアントの前でバスケットを傾け、注ぎ落とすだけでいい。クライアントに無作為抽出と信じさせたまま、特定の人々をサンプルとして取りあげさせられる。視聴率も世論調査も、あなたの思うがままに操作できます」

「私たちは……ただサンプルを抽出するだけの企業だよ。そのサンプルをいんちきで選んで、私にどんなメリットがある？」

「大ありでしょう。報酬と引き換えに数字を意のままに操るぐらいは序の口。テレビ局の株を買っておけば、簡単に儲《もう》けをだせます。視聴率はスポンサーの出資額、そして株の評価に直結しますから」

「きみは想像力が豊かだよ。それは認める。バスケットひとつからそこまでイマジネーションを働かせられるとはね」

「バスケットはいろんな種類を複数個ずつお使いでしょうね。その壊れたバスケット以外にもたくさん用意があるはず。あなたは新しく改造しやすいバスケットを求めて、常々ネットで検索をしていた。ところがある日突然、海に捨てたはずのバスケットが検索にヒットし、ブログに紹介されていると知った。あなたはあわてたでしょう。バスケットに見覚えがあるクライアントが猜疑心《さいぎしん》を持つ可能性が、たとえわずかでも生じたわけだから」

「……それで回収のために、代官山の質屋に向かったって？」

「ええ。でも慎重なあなたは当初、自分で店内に入るのをためらった。サンプル・サーベイヤーのスラッシュ社に勤めるあなたが、バスケットを求めにきたと記録に残したくはなかった。だから、ちょうど店に入ろうとした人に声をかけたんです。それが峰橋さんでした。お金を握らされて、バスケットを買うよう指示されたでしょう？」

峰橋は悲鳴に近い声を張りあげた。「頼まれただけだよ！　視聴率調査がどうとか、そんなだいそれたことは知らなかった」

莉子は須磨に視線を戻した。「でも峰橋さんは別のバスケットを買わされ外にでてきた。須磨さん。あなたはバスケットがすでに売れてしまったか、もしくは店に売る気がないと考え動揺した。冷静に考えればバスケットを見ただけじゃ真相が暴かれるはずもないのに、罪悪感のあるあなたは不安で仕方なかった。今度はみずから店内に入ったけど、ブログで見たバスケットだと明言したにもかかわらず、従業員はいま峰橋さんに売ったといった。とぼけられていると判断し、峰橋さんに芝居を打たせたんです」

須磨が顔面を硬直させた。「私が知り合ったばかりの男に、二度も頼みごとをしたってのか？　なぜそんな必要がある？」

「常連の顧客を守るためになら、店側も真剣になって用立ててくれると考えたからです。回収作業は気づかれないうちに、同タイプの未改造のバスケットとすり替えることにした。盗難騒ぎも生じず、すべてが丸くおさまります。あなたにとっては、ですけど」

夜の工場は森閑としていた。スズムシの鳴く声だけが静寂にこだまする。

須磨はつぶやくようにいった。「見事だよ。それだけの調査能力、リサーチ会社に入ればたちまち出世コースだな」

「事実をお認めになるんですね」

「ああ。だが盲点もある。見落としてるよ。人の寄りつかない夜の工場に、ひとりできたらどうなるかってことを」

ふたりの男が揃って近づきだしたとき、莉子はぞくっとする寒気を覚えた。通報しようにも、ケータイはまだテーブルの上にある……。それを意識したとき、足がすくんで動けなくなった。

須磨と峰橋が間合いを詰めてきたその瞬間、ふいに目もくらむような光の閃《ひらめ》きが辺りを包んだ。

びくついたふたりが立ちすくむ。いずれも莉子の背後に目を向けていた。

莉子は振りかえった。

微風に粉塵《ふんじん》が舞うなかに、小笠原がデジカメを片手にたたずんでいた。

小笠原は落ち着いた声を響かせた。「ふたりとも、接近してくれたおかげでピントが合いました。これで記事になります」

後方で、クルマのヘッドライトが点灯した。一台のセダンだった。エンジンを切って停車していたらしい。

少なくともドライバーがもうひとりいる。事実を悟り観念したらしい。須磨はうつむき、その場に膝《ひざ》をついてうずくまった。峰橋は恐怖にすくみあがるばかりのようだった。

莉子のなかに安堵《あんど》がひろがった。「小笠原さん……。よくここが」

小笠原はテーブルに近づいて携帯電話を取りあげると、莉子に歩み寄ってきた。ケータイを差しだしながら小笠原はきいた。「気づいてなかった？」

「な、なにが？」

「ずっと前に赤外線通信したじゃないか。電話番号やメアドを交換したろ。ZE—GPS位置情報アプリも、僕のデータを送ってあったんだけど」

「えっ」莉子は心底驚いた。「電話番号とメアドだけじゃなかったの？」

「……ごめん。図々《ずうずう》しいかと思って、いいだせなくて。そのうちフォルダを開いたら目にすると思ってた。それで、凜田さんのほうからも発信を始めてくれたら嬉《うれ》しいなって」

そうだったのか……。

あのとき〝データ交換しますか　はい／いいえ〟の表示がでた。わたしは〝はい〟

を選んだ。じつは、彼はこっそり位置情報の交換も求めていた。

もちろん、わたしが『現在地を発信する』を〝はい〟に設定しなければ、こちらの位置情報は伝わらない。でもきょう、わたしはそれを実行した。受信はわたし自身のiパッドだけかと思っていたが、もうひとりいた。アプリはその候補も同時に承認していた。

小笠原がため息をついた。「気づいてたから僕に発信してくれたかと思ったのに……。違ったみたいだね。僕に関するフォルダには、関心を持ってなかったみたいだ」

「いってくれればいいのに。位置情報を交換したいって」

「……断られたら落ちこむから」

莉子は小笠原としばし見つめあった。彼の口もとに微笑が浮かんだとき、莉子も思わず笑った。

「わたし」莉子はつぶやいた。「反省してる。小笠原さんのこと何も知らなかったから」

小笠原は莉子の言葉にかすかな驚きのいろを浮かべた。しかしそれは一瞬のことで、また穏やかな笑顔が戻った。「僕もはっきりいえばよかった。お互いに理解を深めていこうよ。これからは」

「うん」

「あ、それと……。ケータイの位置情報、もう発信をオフにしといたほうが」

「……いえ」莉子は小笠原に笑いかけた。「しばらく、このままにしとく」

駒澤は停車中のセダンの運転席にいた。ヘッドライトの照らす光のなかを寄り添いながら歩いてくる、ふたりの男女を眺めた。

思わず苦笑が漏れる。やれやれ、やっとか。

キーをひねり、エンジンをスタートさせながら駒澤は思った。莉子と小笠原をクルマで送るのは、最寄り駅までにしよう。桐真駅から都心部に帰るには長い時間がかかる。だからこそ降りてもらおう。ふたりきりで。

第4話　絵画泥棒と添乗員

KEISUKE MATSUOKA
STORY COLLECTION OF ALL-ROUND APPRAISER Q
KADOKAWA BUNKO

富士山を望む河口湖《かわぐち》の北東、豊かな緑に包まれた広大な高原がある。面積は三十平方キロメートル。運輸業でひと財産を築いた神馬《じんば》グループの所有する土地で、現在の名称は河口湖神馬美術公園。

本館に博物館を有するほか、敷地内に五つの展示小屋が点在していて、それぞれに一点ずつ画家バヨン＝ルイの絵画が飾ってある。『旅路』、『暁のアルル』、『晩秋』、『林檎《りんご》とクロワッサン』、『哀悼』。いずれもごく標準的なサイズのキャンバスに描かれた油彩画だったが、近代フランス絵画の名画として知られる。過去のオークションでは『暁のアルル』が五千万円、『哀悼』が三千万円の落札価格を記録した。

高価な作品だけに、どの展示小屋でも室内の環境は細心の注意を払って調整されていた。温度や湿度はむろんのこと、窓から差しこむ陽射しを受けない位置に掲げられている。

もともと一般開放するつもりの施設ではなく、招待客だけを受けいれる方針だったが、最近ではツアーの団体客に限り、予約制で見学を許可するようになった。

フリーの来園者が皆無なので辺りはひとけがなく、自然の美に溢《あふ》れている。秋の深まりを実感する淡い木漏れ日の下、四十二歳になる警備責任者の辻村篤《つじむらあつし》は、カートを運転して五つの展示小屋を巡っていた。

隣りには公園の経営者、神馬康介《こうすけ》が乗っている。五十六歳の神馬は中肉中背、いたって健康そうな身体をオーダーメイドのスーツに包んだ、品のある紳士という風体をしていた。

辻村の運転するカートは、きょう三つめの展示小屋に着いた。ほかの建物とは遠く離れていて、周りには広大な草原、そして雑木林が広がっている。

フランスの古民家をイメージした小屋の入り口では、制服の警備員が敬礼して出迎えた。

神馬は警備員にきいた。「きみ、名前は？」

警備員が答えた。「如月《きさらぎ》です」

「体格がいいな。アメフトの選手みたいだ」神馬は辻村に告げてきた。「さすが辻村君の人選はたしかだな」

恐れいります、と辻村は頭をさげた。

実際、展示小屋にひとりずつ配置した五人の警備員は、けさ辻村みずからが面接をおこない、急遽《きゅうきょ》採用した精鋭ばかりだった。つきあいのある警備会社からチームを派遣しましょうと申し出があったが、辻村は断った。制服は借りたいが人材は要らない、互いに知り合いでない五人で揃えたい。そう伝えた。会社推薦のチームは団結力があるかもしれないが、ここでは個々に責任を持って警備に臨んでもらわねば困る。よって、五人には事前の顔合わせや挨拶《あいさつ》を交わすことさえ許さなかった。

園内は景観を重視し、防犯カメラの設置がない。彼らの目だけが頼りだった。

辻村は神馬にいった。「会長、どうぞ」

うむ、と神馬はうなずいて展示室内に入った。神馬がみずからの手で、奥に飾ってある『晩秋』を額から外し、持ってきたサインペンの先をキャンバスの裏に這《は》わせた。

神馬は五枚の絵画すべての裏に、印をつけてまわっていた。どんな印なのか、他人は知るよしもない。辻村もそれぞれの小屋の警備員も、神馬が書きこんだ後のキャンバスの裏は見ていなかった。経営者のみが知る印だからこそ意味がある。額縁は神馬自身の手で、元のように壁に戻された。

三つめの絵に印をつけ終わった。次は『林檎とクロワッサン』の小屋へ行かねば。

辻村は神馬とともに外にでた。

そのとき、老若男女の群れがざわめきながら、押し寄せるように近づいてきた。

ひと目でツアー客とわかるその団体を率いているのは、二十二歳の女性添乗員だった。

ピンクのブラウスに紺のベストを羽織り、丸い帽子を被《かぶ》っている。明るく染めたショートヘアは、緩めのリバースカールで小顔を縁取っていた。その清楚《せいそ》な髪型が、ぱっちりと見開いた瞳《ひとみ》と色白の肌を絶妙に引き立たせる。鼻筋が通っていて、薄い唇はややアヒル口ぎみ。

三角の小旗を手にしたその女性は、集団に声を張った。「みなさん。こちらには三つ目の展示室がございます。『晩秋』という作品が展示してあります。これまでと同様、なかでの写真撮影は禁止ですので、ご注意ください」

警備主任の辻村は、けさ団体が入場する前にこの添乗員と会っていた。辻村は声をかけた。「やあ、浅倉《あさくら》さん」

「あ」浅倉絢《あや》奈《な》は満面の笑みで見かえしてきた。「辻村さん。ここでまたお会いするなんて奇遇ですね！」

「奇遇……」少しばかり天然の入っている娘《こ》だな、と辻村は思った。「そりゃ私が警備を担当する公園内だからね。紹介しよう、こちらが神馬康介会長」

ツアー客一同が沸き立ち、神馬に向けてさかんにカメラのシャッターを切りだした。

神馬は苦笑とともに応対した。「みなさん。美術公園をお楽しみいただけてますか」

すると、団体の最前列にいた年配の女性がきいた。「会長さんみずから警備だなんて、やっぱり博物館に泥棒が入ったから？」

ふいにしんと静まりかえった。神馬が気まずそうな表情になる。

絢奈が不思議そうな顔でたずねた。「泥棒って？」

会長の前で不祥事について口にするのは忍びないが、質問には答えねばならない。

辻村は苦い気分とともにいった。「報道されたことなのでご存じのかたもおられるとは思いますが、半年ほど前、博物館のほうで石器のかけらが何点か盗まれました。しかしながら展示物ではなく、古くはあっても原形を留《とど》めていなかったり、復元不能の破片だったりして、専門家から価値は無きに等しいとされた物ばかりです。研究機関向けにいちおう保存してありましたが、同様の石器は全国の大学に大量にありますし……。正直、なぜ盗まれたかまったく疑問なのです」

神馬がにこやかに告げた。「これだけは明白です。泥棒は目利きではなかった」

団体客に笑いが湧き起こるなか、絢奈があっけらかんといった。「その泥棒、河口湖駅付近に昔から住んでる人ですよ、きっと」

今度の沈黙は、なんとも妙な空気に包まれたものだった。誰もが怪訝《けげん》そうに絢奈を見つめる。

やはり少々非常識なところがあるようだ。発想も突拍子もない。辻村は絢奈に肩をすくめてみせた。「どういう意味かわかりかねるが」

しかし絢奈は笑顔のままだった。「あの辺りに高層マンションの建設が始まりましたよね。わたし何度もこの辺りのツアーに来てるけど、最近クレーンも動いてないし、鉄骨を組んだだけで工事ストップしてません？　建ててほしくない近所の住民が、夜中に石器を工事現場に埋めたのかも！」

辻村は、思わず神馬と顔を見あわせた。

神馬が絢奈にきいた。「お嬢さん。なにか根拠はおありですかな」

「根拠なんてないです。ただ、そうかなって思っただけなんで」

「ううむ」神馬は唸《うな》り声を発すると、辻村にささやいてきた。「一理ある。たしかに石器がでてきたら建設は中止せねばならん規則だ。発掘が始まれば撤退もありうる。しかし、素人が埋めてバレないものなのか？　発掘現場となれば大勢の専門家が詰めかけるんだろ？」

辻村は小声でかえした。「そうでもありません。発掘作業というのは土運びばかりなので、九割の人員に知識は要求されないんです。現地にくる専門家はせいぜいひとりかふたりで、あとは指示に従って動くだけです。リーダーさえ欺ければ目的は果たされるでしょう」

「ビルの建設会社にきいてみるか」神馬は団体に笑顔を向けた。「みなさん、憶測はそれぐらいで。せっかくの旅でしょうから、大自然と素晴らしい美術をご堪能《たんのう》ください」

絢奈がツアー客たちに告げた。「それでは『晩秋』を鑑賞しましょう。ついてきてください」

人々がぞろぞろと小屋に入っていく。辻村は神馬とともにカートに乗りこんだ。

助手席におさまった神馬がつぶやいた。「勘のよさそうな女の子だったな」

「まったくです」

「もっとも」神馬は真顔になった。「いまの私たちは石器を盗まれるどころの騒ぎじゃないんだが」

「……神馬さん。やはり警察に通報したほうが」

「いや」神馬がぴしゃりといった。「警察など。自己責任で警備強化しろと偉そうにいってくるだけだ。被害がでてからでないと動かん。まったく頼りにできん」

辻村は黙りこむしかなかった。懐からメモリーレコーダーを取りだす。ゆうべ遅くに警備室にかかってきた電話、その留守電の録音がおさめてあった。

すでに何度もきいたその音声を、ふたたび再生してみる。男の声が、抑揚のない喋《しゃべ》りで告げている。

「こんばんは。突然ご連絡差しあげます。明晩バヨン＝ルイの『旅路』、『暁のアル ル』、『晩秋』、『林檎《りんご》とクロワッサン』、『哀悼』を、頂戴《ちょうだい》しにうかがわせていただきます。世間ではこれを犯行予告ともいいますが、そう解釈されることに異存はございません。いかなる警備も私にとっ……」ピーという電子音が鳴って、音声は途切れた。

神馬がつぶやいた。「留守電、二十秒間だからな。間に合わなかったんだな」

「はい」と辻村は応じた。「どのていどの脅威か未知数ではありますが、ドジなのかも」

その夜、如月のほか宮下《みやした》、本郷《ほんごう》、斉藤《さいとう》、野辺《のべ》の五人の警備員は、それぞれの展示小屋に留まり、徹夜で警備にあたることになった。

広大な美術公園の敷地内だけに、不審者がどこに潜んでいるかわからない。それゆえか、警備には特別な指示が下っていた。

持ち場についている宮下のもとに、如月が乗ったカートがやってくる。そこの展示小屋の警備は如月が引き継ぎ、宮下のほうはカートに乗って、隣りの展示小屋へと向かう。

宮下は、到着した展示小屋を警備していた本郷にカートを渡す。小屋の警備は宮下が引き継ぐ。さらに本郷は、次の斉藤がいる展示小屋へとカートを走らせる。

そこでもまた警備を交代して、本郷がそこに留まり、斉藤はカートで野辺の警備する展示小屋へと向かう……。このようにカートを交代で走らせながら、警備する小屋を一か所ずつ移っていく。ひと晩じゅう、カートは五人に順繰りに引き継がれながら、五つの警備小屋を何度となく周回する。移動中にも辺りに目を光らせることで、より広い範囲に気を配れるようになっていた。

五人はいずれも、規則正しくこの警備手順を遵守した。誰もが非常に効率のいい方法と実感していた。隙も生じないし、警備する場所も移り変わっていくので退屈にならない。一定時間おきにカートを運転できるのも、いい眠気覚ましになった。

ひと晩のうちに、警備員は五つの展示小屋を六周か七周以上まわった。陽が昇ったとき、五人は絵画を守り通したと胸を張った。実際、どの小屋の展示物も無事だった。怪しむべき事象はなにひとつ生じなかった。義務は果たした、と誰もが思った。

その朝も晴れていた。午前七時半、辻村はカートを運転し『暁のアルル』が飾られた展示小屋に向かった。助手席には神馬が不安な面持ちで揺られていた。

カートが小屋に着くや、神馬は降車して入り口に駆けこんでいった。警備員の目はさすがに眠そうだったが、それでも直立姿勢を崩さず、きびきびと敬礼した。

辻村も神馬につづいて小屋に入った。『暁のアルル』は、きのうまでと同じく壁に存在していた。

神馬が喜びの声をあげた。「よかった！　何も起きなかったと連絡は受けていたが、実際に目にすると感激もひとしおだな」

たしかにそうだ。しかし……。辻村は妙に思った。

この小屋の警備員は宮下ではなかったのか。どうして本郷が立っている。

「おい」辻村は本郷にたずねた。「宮下はどうした」

「隣りの展示小屋です。ご指示どおりカートで移動し、警備を引き継いで何周もまわった結果、ここで日の出を迎えましたので」

「指示だと？」辻村のなかに動揺が広がった。「いったい誰の指示だ」

「……辻村さんからの伝言だとききましたが」

「誰からきいたんだ」

「如月が最初にカートに乗って現れたときに……。以降、次の警備員にカートを引き継ぐ際に、警備手順を伝達していきました」

「なにが伝達だ。そんな命令だしてないぞ！」

「で、でも、どの絵も無事でした。不審者は見かけなかったし、小屋にも侵入は不可能だったと断言できます」

辻村は神馬を振りかえった。神馬の顔に緊張のいろがひろがる。

すぐさま神馬は額縁に駆け寄り、壁から取り外した。ひっくり返したとき、その顔面がひきつった。「ない……。たしかにここにサインしておいたのに」

全身の血管が凍るような思いとともに、辻村はその場に立ち尽くすしかなかった。


午前九時半。浅倉絢奈はツアーを率いて、大月駅《おおつき》のホームにいた。

河口湖のホテルで宿泊、朝食後にバスで出発してここまできた。いよいよ今回の旅も最終段階だった。

「みなさん！」絢奈は笑顔を心がけながら大声で告げた。「河口湖畔で過ごす休日、ご堪能いただけましたか？　ではスーパーあずさ6号にて一路、新宿に戻ります。子供のころ、家に帰るまでが遠足って先生にいわれましたよね？　ツアー旅行もそうです。最後まで気を抜かず、同時に車窓の風景をたっぷりとお楽しみ……」

絢奈は口をつぐんだ。ふたりの男性がホームに駆けこんでくる。いずれも見覚えのある顔だった。

辻村は、大きな旅行用トランクを抱えていた。神馬のほうは手ぶらだったが、ふだん運動などしないのだろう、息をきらし喘《あえ》いでいた。

ツアーの全員が唖然《あぜん》とした面持ちで、きのう美術公園で会った権威あるふたりを見守った。神馬と辻村は近くまでくると、苦しそうに咳《せ》きこんだ。

やがて神馬がぜいぜいと呼吸しながら、必死の形相で話しかけてきた。「浅倉絢奈さんだったな。あなた、たいしたお嬢さんだ」

絢奈は狐につままれたような気分だった。「はあ……。いったいどうしたんですか」

「きのうの件だよ。問い合わせてみたら、たしかにマンション建設予定地で発掘作業が始まってた。予約販売に支障がでることを懸念して、ほとんど公言してなかったんだ。うちの社員を現地に向かわせたら、博物館から盗まれた石器があった」

「あー。やっぱそうでしたか」絢奈は笑いかけた。「よかったですね」

「問題はそこじゃないんだよ。ぜひまた直感を働かせてほしい」

「……なんのことですか？」

辻村がトランクをホーム上に横たえ、鍵《かぎ》を解錠して開け放った。

ツアー一同が驚嘆の声をあげた。絢奈も言葉を失った。

いちばん上におさまっていたのは『旅路』だった。額縁から外され、キャンバスだけになっている。その下は『暁のアルル』。そして『晩秋』、『林檎とクロワッサン』、『哀悼』……。

「ちょっと」絢奈はたまりかねていった。「絵を外して持ってこられたんじゃ、わざわざ美術公園に行った意味なくなるじゃん」

そこかよ。辻村は一瞬そういいたげな顔を浮かべたが、すぐに真剣なまなざしで訴えてきた。「重大なことでね。早急に解決しなきゃいけない。頼むから相談に乗ってほしい」

どうやらのっぴきならない事態が起きたようだ。とはいえ、わたしにも仕事がある。ツアーを途中で放棄できない。

「あのう」絢奈はいった。「絵のことでしたら、わたしよりずっと詳しい人がいるんですけど」

莉子《りこ》がジャック・オブ・オールトレーダーズに出勤すると、売り場は異様な雰囲気に包まれていた。

三人の男たちが店内にいた。スーツ姿ながら、いかめしい顔つきに鍛え抜かれた猪首《いくび》。ただの客とは思えない。彼らは、カウンターのなかにいる駒澤《こまざわ》および香河崎《かがわざき》と、押し問答を繰り広げていた。

香河崎が男たちに怒鳴った。「だからそんな物は知らんといっとるだろうが！　居座られちゃ迷惑だ、でてってくれ」

恐縮しながら莉子は近づいた。「おはようございます……」

駒澤はひとり、いつものごとく冷静そのものだった。「おはよう、凜田《りんだ》さん」

一方で、香河崎のほうは鼻息を荒くしていた。莉子を見つめて告げてくる。「あんたからも、こいつらにいってくれんか。こいつら、うちが麻薬を扱っとるとか決めつけとる。令状もないくせに」

三人のうちひとりが莉子に対し、警察手帳を開いて身分証をしめしてきた。「渋谷署の者です。こちらの店が、大麻を仕入れていると宅配業者から通報がありましてね。とりあえず事情をききにうかがっただけですが、お店のご主人が妙に拒絶なさるもんだから」

駒澤が私服警官にいった。「叔父《おじ》さんはふだんから警察が嫌いなんです」

「嫌いになるには理由があるんじゃないですか？」

香河崎が声を荒らげた。「そういう態度が気に障るからだ。うちには断じて大麻なんかない」

莉子は呆《あき》れた。そんなことか……。誤解の理由はおおよそ察しがつく。カウンターのなかに入り、ジャンク品が詰めこんである収納を開ける。莉子は、ハタキに似た棒状の物体を取りだした。神主がお祓《はら》いに用いる道具だった。

すると、香河崎が鼻を鳴らした。「ふん。なんだ。そんなことか」

私服警官が怪訝《けげん》な面持ちできいてきた。「これがなにか？」

駒澤も真相に気づいたらしい。引き出しを開け、配達伝票の束から一枚を引き抜いた。「宅配の業者は、ダンボールに貼ってあったこれを見て早合点したんでしょう。品名を見てください。なんて書いてあります？」

三人の男がカウンターに歩み寄り伝票を眺める。声を揃えてつぶやいた。「大麻」

「おおぬさ」と駒澤はいった。「正しい読み方です。送り元が栃木県の神社になってるんですけど」

私服警官たちは互いに顔を見あわせ沈黙した。気まずそうに視線を逸《そ》らしあうと、やがてひとりが咳きばらいをした。「こういうこともあります。防犯も私たちの務めです。不審な物が持ちこまれたりしたら、署に連絡してください。ご協力感謝します」

引き際だけは心得ている刑事たちのようだった。三人はそそくさと立ち去っていった。

香河崎が吐き捨てた。「やれやれ。直哉《なおや》、表にでて塩でも撒《ま》いとけ」

駒澤は叔父の言葉を聞き流すそぶりをして、莉子に告げてきた。「さすがだね。朝一から悪いけど、これ鑑定してくれないかな。天然石と人工石の区別は難しくてね」

「はい」莉子は、目の前に置かれた皿に手を伸ばした。「この青い石はターコイズっぽいけど、違いますね。表面の質感が違います。ハウライトって石を染めた物です。ラピスラズリのほうは本物かな。部分的に濃い藍《あい》いろや、黄鉄鉱の金いろが見受けられますね。詳しいことは顕微鏡で見てみないと……」

エントランスのガラス戸が開いた。五十代、および四十代の男性が険しい表情でこちらに近づいてくる。ふたりともスーツ姿、若いほうは旅行用トランクを抱えていた。

年配の紳士が告げてきた。「失礼。凜田莉子先生は？」

ああ、と莉子は思った。このふたりが絢奈の紹介の……。

莉子はいった。「凜田です、はじめまして。神馬さんと辻村さんですね？　バヨン＝ルイの絵についてだとか」

神馬がほっとしたようにうなずいた。「いかにも。さっそく見てもらいたいんだが」

トランクが開けられる。油彩画のキャンバスが一枚ずつ取りだされ、カウンターに並べられた。『旅路』、『暁のアルル』、『晩秋』、『林檎《りんご》とクロワッサン』、『哀悼』。

「ふうん」駒澤がつぶやいた。「有名な絵ばかりだね。本物？」

「……いえ」と莉子は首を横に振ってみせた。「残念ながら、五枚とも……」

辻村が目を剝《む》いた。「なんだって!?　そんなに簡単にわかるのかね」

莉子は『哀悼』を指さした。「見てください。イタリアの歌劇場でオペラに見いる観客が描かれています。ここに立っている婦人、紫のドレスを着てますよね。画集をみればわかりますけど、もとは緑いろだったんです」

「緑……？」

「紫はイタリアで〝失敗〟や〝不吉〟の意味を持つので、オペラの観劇には着ていきません。ほかの四枚も風習に反するところに改変があります」

「まさか」神馬がカウンターに身を乗りだしてきた。「こんなにちゃんと描かれた油絵なのにか？」

莉子はいった。「これはブランド物でいうスーパーコピーに近い、闇市場向けの悪質な商品です。本物をスキャンしたデータを利用し、筆をセットしたロボットアームを用いて正確に模写したもので、キャンバスも絵の具も当時の物を使い非常に精巧につくられています。ただし、あるていどのロットを生産しているため、販売元もいちおうの逃げ道を用意しています。このように一部の色を変えるなどして、摘発されたときに言い逃れができるようになっているんです。ちゃんと鑑定家には区別がつくようにしてあった、と」

「やられた！」神馬は両手で頭を抱えた。「五枚とも偽物にすり替えられたんだ」

辻村も動揺をあらわにした。「でも、いったいどうやったんでしょう。警備方法を変えさせたとはいえ、常に絵画は警備員が見張っている状態だったんですよ。それぞれ展示小屋に配置された五人が、カートを乗り継いで順繰りに交代していっただけで、不審な事態はなかった」

莉子は不可解に感じた。「待ってください。カートを乗り継いだ？　Aの小屋の警備員さんがBへ行き、そこにAが留《とど》まってBがCへ行き……ってことですか？」

「そうですよ。朝まで何周もしたんです」

「あのう……。一周目の最後、Eの小屋の警備員さんが、出発点のAがいた小屋に向かいますよね？　その時点で小屋はもぬけの殻なんですけど」

店内はしんと静まりかえった。神馬と辻村は顔を見合わせた。やがて、ふたり揃って声をあげた。「あーっ！」

辻村は目を白黒させていた。「い、いわれてみればたしかに……。こんな単純なこと、なんで気づかなかったんだろう」

神馬もハンカチで額の汗をしきりに拭《ぬぐ》っていた。「朝まで問題なく何周も回ったと報告を受けたからだ。ということは……」

「ええ」莉子はうなずいてみせた。「警備員はもうひとりいたんです。六人いればそのルールで永久機関ができあがり、カートは周回しつづけます」

辻村が神馬に訴えた。「たしかにそうです。五人は互いに知り合いではないから、制服を着ていれば警備員だと信じこむ。侵入者が警備員に化けてカートを運転し、どこかの小屋に行き、警備方法の変更を伝えたんでしょう。それが発端だったんです」

莉子はいった。「偽の警備員は一か所ずつ小屋を移動できます。しかもカートが一周するあいだ、ひとりきりでいられる。展示物を偽物にすり替えるには充分すぎる時間です」

神馬が莉子を見つめてきた。「偽物はどうやって持ちこんだんだ？」

「カートには荷台がありましたか？　あったのなら、偽警備員が乗りだしたときに、すでに贋作《がんさく》五枚が積んであったんです。小屋に接近したら、すり替え用の一枚だけを下ろして、側面の外壁にでも立てかけておきます。それから入り口を訪ねて警備員に到着を呼びかければいい。すり替え後、今度は本物を外に隠しておく。次に警備員が来たら引き継いで、カートで小屋を去る。周回後、カートに乗って元の小屋に戻ってきたら、外の本物を回収して荷台におさめる。それから小屋のなかの警備員に到着を告げる。二周した時点ですべての本物をカートに積みこみ完了です」

辻村が携帯電話を取りだした。失礼、といってケータイをかける。「もしもし。辻村だが。園内のカートを調べてくれ、夜通し周回していたあれだ。荷台はあったか？」

しばし沈黙がつづいた。辻村ははっとした顔になった。「あった!? 開けてみろ。……なに、メモが一枚だけ入ってた？　なんて書いてある？」

そこでふいに辻村は意気消沈のいろをみせ、ぼそぼそとつぶやいた。そうか、わかった。では。

神馬が辻村にたずねた。「紙にはなんて……？」

「〝気づくの遅すぎ〟。それだけだと」

香河崎が呆《あき》れたようにつぶやいた。「いっちゃ悪いがそのとおりだな」

駒澤もため息まじりにいった。「警備が手薄すぎるでしょう。たった五人なんて」

辻村は情けない声をあげた。「それでも増強したんです。ふだんは博物館の守衛だけですからね。ただ、そのう、犯行予告にどうも稚拙なところがあって、神馬さんも増員は一か所にひとりでいいとおっしゃって……」

神馬が激昂《げきこう》したような顔で、莉子に詰め寄ってきた。「凜田先生！　どうか力をお貸しください」

「い、いえ」莉子は戸惑いがちにいった。「困ります。警察に相談されたほうが」

「警察なんてとんでもない！　五枚とも偽物にすり替えられたなんて報道された日には、美術公園は閉鎖せざるをえません」

「わたし、窃盗犯を追いかけるなんてとても無理です。鑑定業やってるだけですし」

「いいや！　浅倉さんにききました。『モナ・リザ』を取り戻したのはあなたでしょう。京都で安倍晴明《あべのせいめい》の式盤を発見したのも、あなたただそうじゃないですか」

香河崎は目を剝《む》いた。「そりゃ本当か。安倍晴明の式盤？　持っとるんなら高く買うぞ」

駒澤が澄まし顔でいった。「叔父《おじ》さん。発見しただけだよ。持ってるわけないって」

神馬は莉子を質屋の店員と思いこんでいるらしく、香河崎を相手に交渉をはじめた。一日いくらで莉子を借りられるのかとたずねている。

ついていけない。莉子はその場を離れようとした。そのとき、莉子のケータイが短く鳴った。

取りだして液晶画面を確認する。絢奈からメールが届いていた。

一時間後、莉子は絢奈が勤める添乗員派遣会社クオンタムを訪ねた。

社長室のデスクにおさまった経営のトップは、白髪まじりの初老だった。鋭い目つきと鷲鼻《わしばな》のせいか、鳥類を連想させる顔つきをしていた。

莉子は絢奈とともに、その泉谷《いずみや》という名の代表取締役の前に立った。あらましは、絢奈からのメールで理解していた。

絢奈が、アルバムを開いて見せてきた。河口湖神馬美術公園を背景に、ツアーの集合写真が撮られている。ツアーの参加者は二十六人だという。

写真のなかの団体客を数えてみた。たしかに二十六人、絢奈をいれて二十七人。莉子はうなずいてみせた。「問題ないと思うけど」

するとと絢奈がいった。「ひとり忘れてる。その写真を撮った人」

「ああ……。なるほど」

「わたしも、ほかのお客さんも覚えてるんだけどね。美術公園では、たしかにもうひとり男の人がいたのよ。三十代半ばから四十歳ぐらいで、サングラスをかけてた。ずっとわたしたちに紛れてたの。でもよほど注意深く振る舞ってたらしくて、どのお客さんの撮った写真にも写ってなかった」

「集合写真を撮る際には、不審がられないようカメラ係を志願したのね。ツアー参加者たちには顔を覚えられる危険があるけど、自分が写るのは避けられる」

「そう。動画を撮ってたお客さんも何人かいたから、連絡して提供してもらったんだけど、そこにも映ってない。カメラを警戒しまくってたみたい。ぼんやりと覚えてるんだけど、たしか旅行用トランクを引きずっていたから、違和感なかったの。見学が終わって公園をでて、駐車場で観光バスに乗りこんだときには、もうその人はいなかった。座席の顔ぶれを確認する決まりだから、それは間違ってない」

団体客しか受けいれない美術公園にあって、その何者かはツアーに紛れることで侵入を図ったのだろう。そして園内に隠れて留まった。トランクの中身は贋作《がんさく》絵画五枚に違いない。日没後、なんらかの方法で入手した制服に着替えて警備員になりすまし、園内のカートを乗りだした……。

泉谷はふてくされた顔で絢奈にきいた。「その男の人相は？」

「いえ」絢奈は困惑のいろを深めた。「あまりはっきり覚えてなくて……。お客さんたちの話でも、あまり特徴のない顔つきだったみたいです」

「頼りないな」泉谷は不満をあらわにした。「神馬康介氏は大月駅で、恥を忍んでみに助けを求めてきたんだぞ。彼は運輸業界の大物だ。機嫌を損ねたらどうする」

心外だという顔で絢奈は反論した。「添乗中は一瞬たりとも気が抜けないんです。全員の顔を覚えるなんてできません。まして美術公園にしかいなかった人なんて」

「部外者が紛れていたことに気づかなかったのがそもそもの問題だ。添乗員としての務めを果たしきれてない。直感の鋭さは認めるが、数字に弱すぎるぞ。この期に及んでまだ入社試験のバスの問題をひきずる気か。チートじゃ現実問題に対処はできん」

絢奈はむっとした。「わたしにどうしろっていうんですか。もうすぐ九州と沖縄の旅への添乗が……」

「行かなくていい」

「はい？」

「それは儒瀬《じゅせ》に代わってもらった。浅倉は河口湖へ行き、神馬氏にお詫《わ》びしてこい」

「お詫びって……？」

「部外者に気づかず、美術公園への侵入の手助けをしたも同然だからだ。問題が解決するまで復帰しなくていい。現地に留まれ。もちろん自費でな」

「あ、あのう」絢奈は戸惑い顔でいった。「あした姉が帰国する予定なんです。家族みんなで食事をしようって……」

「延期してもらえ。というより、その話は本当か？　きみのところはご家族とうまくいってないときいたが。ＣＡやってるお姉さんともな」

絢奈は深刻な面持ちになった。「最近は……打ち解けてきたところなんです。姉も忙しいし、やっとみんなで話しあえる時間が持てたのに」

「気の毒だな。だが義務は果たしてもらわねばならん」

莉子は泉谷に告げた。「社長さん。義務といえば、泥棒に入られた神馬さんは警察に通報しなきゃいけないはずです。いまのままじゃ問題の解決なんて、いつになるか……」

泉谷が声を張りあげた。「凜田先生。うちは旅行会社じゃなくて、あくまで人材派遣で勝負してるんです。少しでも傷がある商品は業界に差しだせない」

しばし沈黙があった。絢奈は悲しそうな顔をしていたが、頭をさげて静かに告げた。

「美術公園に行ってきます」

戸口に向かいかけた絢奈を、莉子は追った。泉谷を振りかえっておじぎをしてから、揃って社長室をでた。

オフィスフロアを突っ切りながら、絢奈がつぶやいた。「あーあ。どうしたらいいんだろ……。せっかくお姉ちゃんが予約してくれたレストランなのに」

長きにわたる不和を乗りこえて、ようやく一家団欒《だんらん》の機会を得た。絢奈がいかに喜んでいたかを莉子は知っていた。希望を潰《つい》えさせたくない。

莉子は絢奈に笑いかけた。「心配しないで。わたしも行くから」

「え⁉ だけど、いいの？ 莉子は質屋さんで仕事が……」

「一日ぐらいならどうってことないでしょう」と莉子はいった。「浅倉家のディナーには、どうあっても間に合わせなきゃ」

正午すぎに莉子は絢奈を連れて新宿駅に向かい、特急かいじ107号に乗車した。

座席に並んで座った絢奈は、iパッドにダウンロードした動画を見せてくれた。美術公園でツアー客が撮影したものだという。問題のサングラスの男は映っていないが、ほかになにかわかるかもしれない。

莉子はチープグッズでパートをしていたころ、瀬戸内《せとうち》店長から鑑定とともにロジカル・シンキングを学んだ。

一方、絢奈のほうはラテラル・シンキングを得意としている。論理立てて証明するのではなく、直感と連想力を頼りに答えを導きだすやり方だった。

うまく嵌《は》まれば、彼女がときおりみせる〝閃《ひらめ》きの小悪魔〟の横顔にふさわしいほどの成果をもたらす。けれども、頭に何も浮かばなければ問題解決の糸口さえ見つからない。いまがそのとき、と絢奈はいった。

絢奈はため息をついた。「石器泥棒の件はすぐにピンときたんだけどなー。これはさっぱりわかんない。写真にも動画にも記録が残ってないのに、探しようがないじゃん」

「あわてなくてもだいじょうぶ」莉子はｉパッドでツアー中の動画を観ながらつぶやいた。「現地にいけば新しい情報が得られることもあるし……」

ふと注意を喚起された。莉子はタッチパネルを指先で軽く叩《たた》いて、動画を静止させた。

「何？」と絢奈がきいた。

「ちょっと気になるものが」莉子は動画を逆再生した。あるていど戻してから、またふつうに再生してみる。

問題の瞬間、ふたたび一時停止させた。莉子はいった。「フレームの端を見て」

「……この片腕？　革ジャンの袖《そで》がみえてる。ｉフォーン持って、なにか写そうとしてる」

「そう。集合写真はある？」

「待って」絢奈がハンドバッグからアルバムを取りだした。「ええと。革ジャンを着てる人は……。いない！　それらしいファッションの人も見当たらない」

「団体客と一緒に移動してるのに、ツアー参加者ではない人ってことね」

絢奈は額に手をやった。「そうだ。サングラスの男って、たしかに革ジャン着てたよ……。古着っぽいやつ。いま思いだした」

莉子は画面に指を滑らせて、静止画像を拡大した。「正確には、ヴィンテージ物のスポーツジャケット。ベルトがついた独創的なカフスのデザイン。コピー品でなければ一九六〇年代。iフォーンは細長いから4以降」

再生して動画を動かしてみる。指先がわずかに動いていた。カメラモードで撮影したらしい。

イヤホンを取りだして、iパッドに接続した。絢奈と分けあって、それぞれ片耳に押しこむ。

音量を耳障りなほどにあげてみる。団体客のがやがやという話し声、靴音、風にそよぐ樹木のざわめきまでが一体化してきこえてくる。莉子は同じところを再生しなおした。フレームインした腕が、iフォーンをかまえる。指先がシャッターを切ろうとスクリーンにタッチする……。

莉子は絢奈にきいた。「いまの気づいた?」

しかし絢奈は首をかしげた。「おばさんの『低反発マットは臭くて眠れん』って声が大きすぎて耳が痛くなる。なにか変な音が入ってた?」

「逆よ。あるべき音がきこえない。iフォーンのシャッター音がないの」

「あー……。あの〝カシャッ〟て鳴るやつ? マナーモードにでも設定してんじゃないの?」

「海外規格のiフォーンなら、それで消せるけどね。日本のiフォーンはサイレントスイッチの位置に関係なく、カメラの撮影時に音がでるの。この仕様は日本のほかにはカンボジアのみ」

「どうして日本とカンボジアだけなの? 猫ひろしと関係ある?」

「ない……。絢奈、そのサングラスの男性って外国人?」

「どうだろ。日本語で話した気がするし、訛《なま》ってるようにも思えなかったなぁ。顔つきも外人っぽくなかったし」

外国籍のアジア人……。深刻な事態だと莉子は思った。高飛びされるまでに居場所を割りだせるだろうか。

大月駅でフジサン特急11号に乗り換え、河口湖駅に着いたのは午後二時半。さらに三十分ほどして、河口湖神馬美術公園のゲート前に到着した。

博物館と公園、ともに臨時休業の看板がでていた。それでも警備事務所には人がいて、主任の辻村が歓迎してくれた。

辻村によれば、神馬は本社で仕事中だという。五人の警備員は全員出勤しているし、五枚の贋作《がんさく》絵画もすべて倉庫のロッカーに保管してあるから、自由に調べてくれてかまわない。本当は神馬の許可が必要だが、私が責任を持つ、辻村はそういった。園内の散策も許可された。

神馬さんに謝罪したいと絢奈が申しでたが、辻村はとんでもないと否定した。「神馬も私も、浅倉さんには深く感謝しているんです。もちろん凜田さんにも。こうして足を運んでいただけたことが、なによりの喜びです。本物の絵画を取り戻すことこそ私たちの悲願ですから」

穏やかな物言いではあったが、ようするに詫《わ》びの言葉などより結果をだしてほしい、そういう要請でしかない。もはや犯人探しの依頼を承諾したも同然とみなされているようだった。

五人の警備員にひとりずつ面会したが、みな身元もたしかで、怪しむべき要素は見当たらなかった。欠点があるとすれば、生真面目な性格が災いして、カートを乗り継ぐという警備手順を疑いもしなかったことだろう。

午後四時すぎ、莉子は絢奈とともに公園を歩いた。陽の傾きだした園内には木立が長い影を落としている。風が冷たさを増し、枯葉をそこかしこに舞い散らせていた。山頂を赤く染めていく富士山に、冬の気配が漂っている。

展示小屋はどこも施錠されてはいなかったが、当然ながら絵画の展示はなかった。壁の四角く白ばんだ痕《あと》と突きだしたフックが、そこにたしかに存在した物の名残りだった。

小屋の外にでると、絢奈が辺りを見まわした。「広いね。木立もあちこちにあるから、身を潜めるなんて楽勝」

莉子も同感だった。「隠れてた場所を特定したいところだけど……。無理かなぁ」

園内の地図が載ったパンフレットを広げた。五つの展示小屋は、それぞれかなりの距離をおいて分布している。

絢奈がいった。「どこかに隠れて日没を待つとなると、やっぱり真ん中じゃない？『晩秋』『林檎《りんご》とクロワッサン』『旅路』の三角地帯の中心あたり。そこなら、どこへでも移動しやすいじゃん」

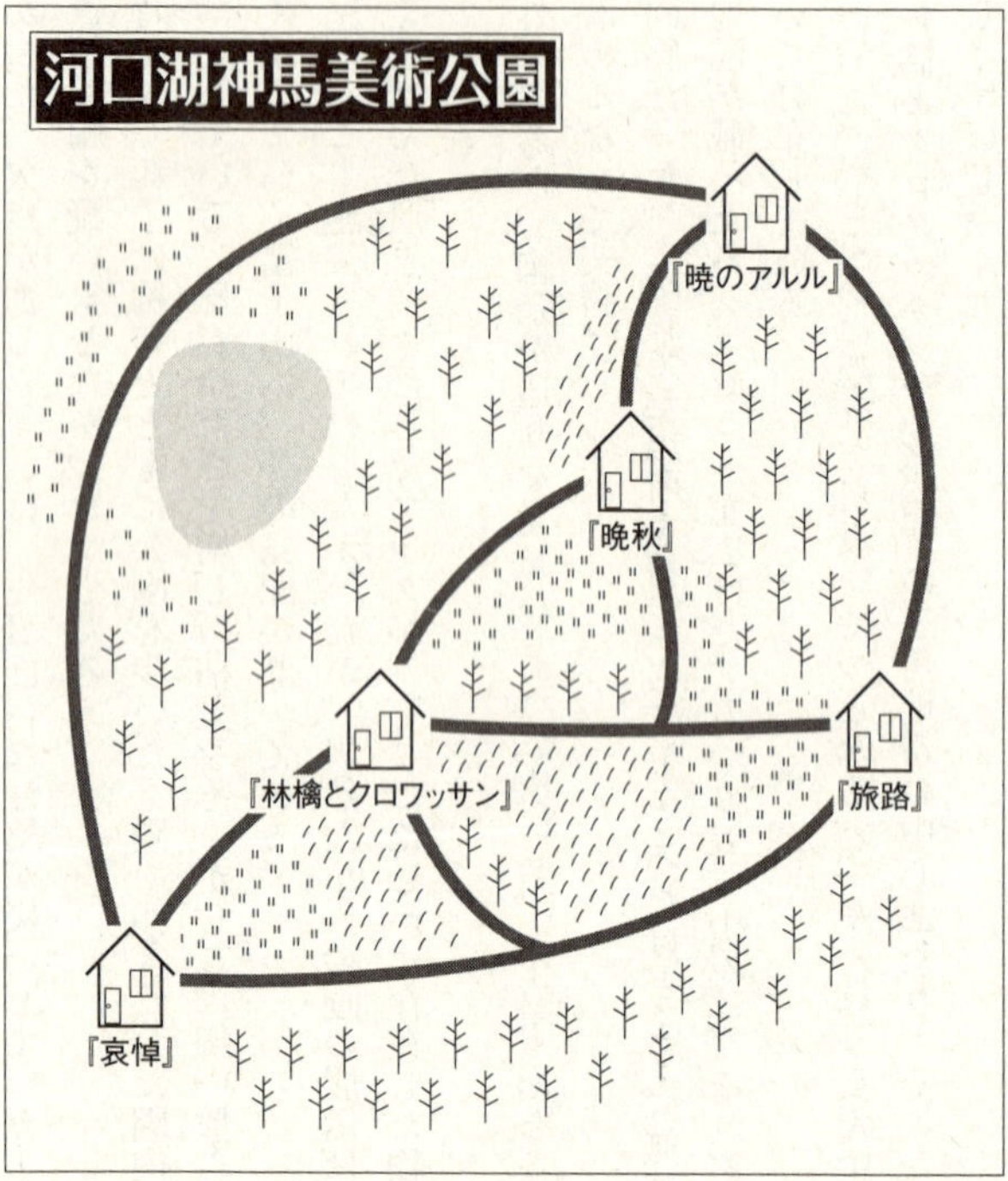
河口湖神馬美術公園
『暁のアルル』
『晩秋』
『林檎とクロワッサン』
『旅路』
『哀悼』

「そうね。まずはそこからあたってみるべきでしょう」

ふたりで絢奈の指摘したあたりに向かう。そこは森になっていて、地面にもシャクナゲの茂みがひろがっていた。隠れるには都合がいい環境だった。しかし……。

空が紅いろに染まり、さらに黄昏《たそがれ》へと転じていくまで、ふたりで付近を探しまわった。誰かが半日以上も潜んだのなら茂みに痕も残るし、遺留品までは期待できなくてもゴミのひとつやふたつが落ちることは充分にある。

しかし、ＬＥＤライトで照らしながら隈《くま》なく探索したが、それらしき痕跡《こんせき》は見当らなかった。ここに数日以内に人が足を踏みいれたとは、到底思えない。

漆黒の闇に富士のシルエットすらも没し、満天の星がひろがった。絢奈が寒そうに身を震わせながらいった。「ここじゃないね……」

莉子は気が遠くなる思いだった。常識的な思考が通用しないとなると、三十平方キロメートル、どこにでも可能性がある。

「……いえ」莉子は思いのままにつぶやいた。「五つの展示小屋のいずれにも移動しやすい場所を拠点にしたがるはず、そこまでは論理的に正しい。けれど、気になる絵があるほうにより近く陣取る可能性はある」

パンフレットを開いて地図を見る。方眼の座標があったほうがわかりやすい。莉子

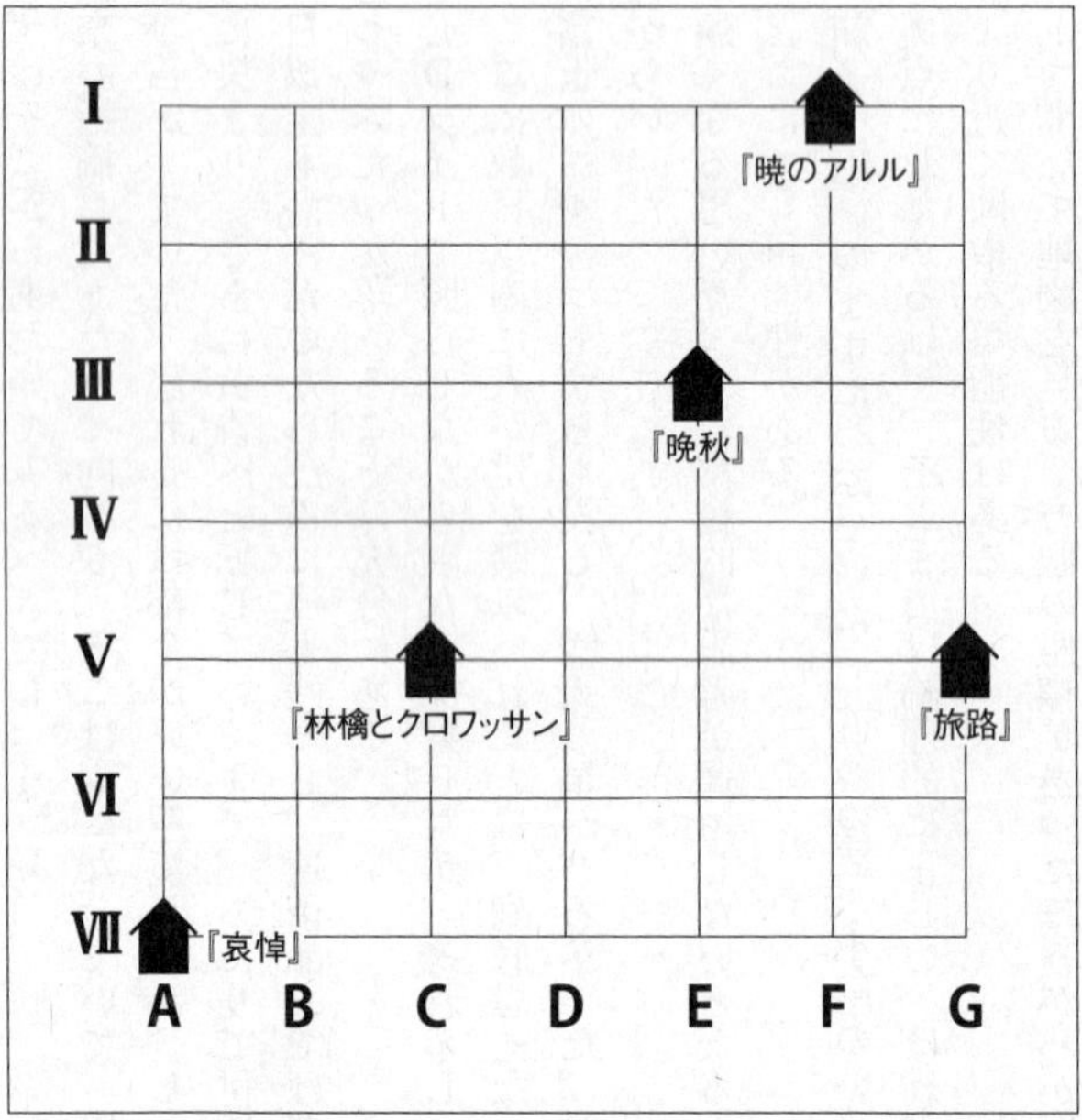

I
II
III
IV
V
VI
VII
A
B
C
D
E
F
G
『暁のアルル』
『晩秋』
『林檎とクロワッサン』
『旅路』
『哀悼』

はボールペンでそれぞれの展示小屋の上に、ほぼ等間隔とみなせる縦横の線を引いた。

「へえ」絢奈が感心したようにいった。「わたしじゃ絶対にやらない考え方」

莉子はいった。「すべての絵を持ち去るのが狙いでも、犯人にとっては優先順位があったと思うの。プロの絵画泥棒って好みなんかじゃなく、純粋に利益だけを目的にしてるものだし。単純に、倍の値段の絵が二倍気になる。『モナ・リザ』の窃盗犯が裁判でいってた」

「いちばん高いのは『暁のアルル』で五千万円ぐらいだっけ。あと『哀悼』が三千万」

「そう。『旅路』と『晩秋』がどちらも二千万前後。『林檎とクロワッサン』が一千万ってとこ。高い絵ほど、価値に比例して下見に足を運ぶ回数が多いと仮定すれば、すべての移動距離を足しあわせた合計が最小になる地点が、隠れ場所に選ばれやすいってことになる」

「……よくわかんないけど、犯人は自分で意識しなくても、絵を気にかけて行動するうちに自然にそのあたりを拠点にするとか？」

「そういうこと。絢奈のｉパッド、Ａｐｐストアでソフトをダウンロードしていい？」

「いいけど、どんなのをインストールするの？　ゲームじゃないよね」

座標上の計算ができる土木測量用ソフトを購入する。本来のソフトの性能からすれば、ごく簡単な演算だった。五つの点を座標上に設定し、決まりごとをプログラム化して入力していく。一千万円の絵画には一回行くのに比して、二千万円には二回、五千万なら五回。〝移動距離の総和を最小にする〟位置はどこになるか。

瞬時に答えはでた。座標上に赤いドットが表示されている。莉子はいった。「座標F、Ⅲの周辺ね」

絢奈が目を瞠《みは》った。「ほんとに？　五千万円の『暁のアルル』より、二千万の『晩秋』にやたら近いじゃん。『哀悼』なんて結構遠そうだよ、三千万なのに。あってる？」

莉子は苦笑してみせた。「ここまでが論理的思考の限界。計算は正しくても、前提に仮定を含んでるからなんともいえないけどね。あとはたしかめてみるしかない」

暗闇のなかにLEDライトをかざし、地図を参照しながら座標のF、Ⅲにあたる場所に向かう。そこは雑木林に等しく、幹の細い裸木が無数に連なっていた。今度は逆に密集しすぎていて、猫でも立ちいるのは難しそうだった。

なにごとも計算どおりにいくはずがない。人の意思決定のあいまいさを考慮せねばならない。周辺のかなり広い範囲にまで誤差は生じると考えるべきだろう。

しばらく歩きまわるうち、絢奈がふいに声をあげた。「莉子！　これ見て」

莉子は絢奈のもとに駆けつけた。白い光に照らしだされた地面を見て、思わず息を呑《の》む。

ジャノヒゲの茂みには人為的とおぼしき窪《くぼ》みが、一畳ほどの範囲にわたって生じていた。植物は重く平らな物体で根こそぎ薙《な》ぎ倒されたらしい。旅行用トランクを寝かせて滑らせれば一分と経たずに可能だろう。からになったペットボトルと、サンドウィッチの包装フィルムも散乱していた。

絢奈ははしゃいだ声をあげた。「マジで？　すごすぎ！　さっすがロジカル・シンキング。こんなのどう転んでも無理」

「わりとすなおな泥棒さんでよかった」莉子は安堵《あんど》とともにつぶやいた。「さて、なにかめぼしい物は……」

草のなかを手さぐりで探す。だがさすがはプロの窃盗犯、物的証拠を残すほどのドジは踏んでいなかった。落ちていたゴミも大手コンビニ・チェーンの物にすぎず、購入した店舗の特定すら難しそうだった。

また絢奈の顔から笑みが消えた。「閉店直前の惣菜《そうさい》コーナー並みに何もないよ」

莉子は地面を這《は》いまわって、窪みを指先で撫《な》でていった。草の根をかき分けてみると、土に幅十センチほどのごく浅い溝ができていた。

「これ」莉子は絢奈にきいた。「なんだかわかる？」

ライトを差し向けて絢奈はいった。「ええと……。腰に巻いたベルトの跡かな」

「正解。こっちの深めの凹《くぼ》みふたつが膝《ひざ》をついた場所で、そのままうつ伏せに寝そべってる。ベルトの位置が妙に高いでしょう」

「ほんと。バカボンの帯と同じぐらい」

「五人の警備員の制服もこんな感じだった。泥棒はここに潜むとき、すでに制服姿だったのね。革ジャンの下に着てたか、トランクのなかにおさめてあったんでしょう」

「事前に制服を手にいれてたのかぁ。どうやって？」

「そうね」莉子は思考をめぐらせた。「泥棒は警備員が増員されるのを知ってた。っていうより、そう仕向けるために犯行予告の電話をいれたのね」

「派遣されてくる警備員に紛れるつもりだったってこと？」

「ええ。けど辻村さんは警備会社の人材を採用しなかった。借りたのは制服だけだった」

絢奈ははっとしたようにいった。「泥棒が警備会社に潜りこんでたとすれば説明がつくよ。警備員としてここに侵入するのを狙ったけど、お呼びがかからず計画を変更せざるをえなかった。でも社内にいたから五着の制服が貸しだされたことも知ってた」

「当然、会社から自分用の制服を奪うのも容易だったでしょうね」莉子は確信とともにうなずいてみせた。「どうやら、手繰《たぐ》れそうな糸が見つかったみたい」

西富士宮《にしふじのみや》駅前のビジネスホテルで一泊し、翌朝九時、莉子は絢奈を連れて中泉の中心部にあるオフィスビルに向かった。

大勢のビジネスマンがぞろぞろと吸いこまれていくエレベーターホールから、三階に向かう。そのワンフロアは株式会社ライチョウが独占していた。

エントランスの向こうに受付の女性が見える。莉子は絢奈にささやいた。「美術公園の警備要請に対応してた会社はたぶんここ。五人に貸しだされた制服もライチョウのものだったし」

「ライチョウ警備って、全国あちこちに出張所があるじゃん。河口湖の駅前でも見かけたよ？　辻村さんが利用してたのはそっちじゃない？」

「窓口はね。人材の派遣元はここだってば」

「どうして断言できるの？」

「海外からの派遣組を受けいれているのは、エリア内でこの支社だけなのよ。ゆうべインターネットで調べた。香港やシンガポール、タイの提携企業が推薦した人間を雇用してるの。美術公園みたいな観光地は、海外の言語が理解できる警備員も必要とするから、そのニーズに応《こた》えられる支社が担当するだろうし」

「あー、そうだよね！　アジア系外国人の泥棒が潜りこむには最適じゃん。莉子、あいかわらず冴《さ》えてるー。そこまでわかったのなら乗りこむしかないね」

「ちょ、ちょっと待って」莉子はあわてて押しとどめた。「問題はここからよ。どうやって絵画泥棒を探すか」

「なかにいるかもしれないじゃん。わたし、顔を見ればわかるって」

「いえ……。もし正社員だったとしても、もういない可能性が高いと思うの。合計一億円以上の絵画を盗んだんだから、会社勤めはないでしょう。長期休暇か、もしくは辞めちゃってるか」

「なるほどー。iフォーンを外国で契約してるんだから、日本在住の外国人でもないだろうしね。帰国しちゃってるかな」

「絵を簡単に空輸できるはずもないから、まだ国内に留《とど》まってると思う。どうやって情報をききだせばいいかな」

「そんなことなら簡単」絢奈は笑顔でエントランスに突き進んだ。「まかせてよ」

「あっ……。絢奈」

莉子は絢奈を追いかけて、株式会社ライチョウに足を踏みいれた。

受付の女性を前に絢奈が告げた。「おはようございます。チェンさんいます？」

「……はい？」と女性は怪訝な表情をした。

「本名はなにかわからないけど、ここに勤めてたのは知ってます。最近になって突然会社に来なくなったか、辞めちゃった人です。アジア系の男性で」

「失礼ですが、どちら様でしょう？　どういったご用件で……」

「浅倉です。用件は、ずばりいって取り立てです。店へのお支払いがまだです」

「しょ……少々お待ちください」女性は腰を浮かせて、奥へ引っこんでいった。

絢奈が微笑とともに莉子にささやいてきた。「この手使えるのよ」

莉子は呆気《あっけ》にとられた。なんて大胆な。だが、該当する社員については会社も迷惑をこうむっているという実感があるはずだった。さらなるトラブルが発覚しても、受けいれてしまう弱さが生じているのだろう。絢奈はそこを巧みに突いたのだった。

莉子たちは応接室に通され、総務部の係長という男性から、一枚の顔写真入り履歴書を見せられた。

名前は劉富春《ラウ・フーチョン》。年齢は三十九歳。住所以下の欄には付箋《ふせん》が貼られ隠されていた。

ふいに絢奈が興奮したようにいった。「こ、この人！　間違いないって。サングラスかけてたけど、絶対にそう」

写真の人物は、たしかに際立った特徴のない、記憶に残らない顔つきをしていた。没個性的で、集団のなかでも目立たずに済むだろう。

莉子は係長にきいた。「この劉さんは、いまどこに？」

「いないんです」係長は真顔で応じた。

「え……？」

「先週来日して、二日ほど前から突然会社に来なくなりました。それで人事部が調べたところ、じつはうちの社員でないとわかったんです。入社時の履歴書からタイムカードまで偽造して、人事部の資料に紛れこませてありました。日本への赴任すら口からでまかせで、本社の指示などでていませんでした」

「その後どうなったかご存じですか」

「旅券番号だけは控えてありましたから、外務省に確認をとりました。すでに香港に帰国してます」

「……間違いないですか？」

「ええ」係長はきっぱりといった。「この件をお知らせするのは、私どもとはなんの関係もない人物だったからです。よって、お嬢さまがたがお勤めになっているのがどのようなお店か知りませんが、彼の支払い分を立て替える義務は私どもにはございません。以上です」

富士宮のオフィスビルをあとにしてから、絢奈が莉子にきいてきた。「劉って人、美術公園に忍びこむためだけにここの社員になりすましたのかな。用意周到すぎじゃない？」

「出入国時になんらかのカモフラージュが必要だったのか、日本国内で部屋を借りるのに都合がよかったか、それとも会社の経費をかすめ取って滞在費にあてたか……。詳しいことはわからない。でも、もっと納得できないことがあるの」

「何？」

「どうやって絵画を日本から持ちだしたんだろ。帰国したってのも確かな話みたいだし、かといって手荷物として空港に持ちこんで、税関を通れるとも思えないし……」

「日本に絵画を盗みにきたのはたしかでしょう？　なにか方法を考えてあったんじゃ

ない？　本人は飛行機で出国するけど、絵のほうは仲間が貨物船にこっそり積んで運びだすとか」

「手口からして単独犯だと思うんだけどな……」

壁に突き当たった、莉子はそう実感した。論理を突き詰めるほどにエラーが生じる。説明不能という泥沼から抜けだせない。

ところがそのとき、絢奈が目を輝かせていった。「ねえ。美術公園って、まだわたしたち入れるんだよね？」

「え？　……ええ。辻村さんが自由に調べていいっておっしゃってたし」

「よかった。莉子、すぐに河口湖へ戻ろうよ」

「どうして？　なにか閃くことでもあった？」

「まあ、ね」絢奈は小悪魔っぽい微笑を浮かべた。「やっとエンジンかかってきたかも」

その日の夕方五時すぎ、河口湖神馬美術公園の博物館内にあるオフィスで、神馬と辻村が面会に応じてくれた。

莉子は絢奈と並んでソファに座り、彼らと向かいあっていた。絵画を狙って公園に侵入したのが劉富春なる人物とみて間違いない、そこまではあきらかにできたが、絵の行方は杳《よう》として知れない……。経緯の説明はそう結ばざるをえなかった。

辻村が険しい顔でいった。「事実が判明したのに、なんとも歯がゆい。現地の警察に連絡をとって、どうにかできないものかな」

神馬は腕組みをして唸《うな》った。「証拠らしい証拠もないから、たとえ劉という男を捕まえて事情をきいても、のらりくらりと躱《かわ》されたらそれで終わりだな。残念だよ」

室内に沈黙がおりてきた。キャビネットの置時計の秒針だけが、静寂のなかで時を刻んでいる。

絢奈がふいに神馬にたずねた。「いまなんて？」

「は？」神馬は絢奈を見かえした。「だから、泥棒を捕まえても証拠がないから……」

「いえ。最後のひとことです。残念とか？」

「ああ……。そうだよ。残念としかいえない。絵は行方知れずだしな」

すると絢奈は莉子をちらと見てから、その大きな瞳《ひとみ》に光を宿し、神馬に向き直った。

「なわけないじゃん！　本物の絵画なんて、最初からなかったんだし」

ふたりの男は、椅子から飛びあがらんばかりに驚きの反応をしめした。

辻村が絢奈を見つめた。「なにをいいだすんだね」

神馬の顔面も紅潮しだしていた。「最初からないとはどういうことだ。贋作《がんさく》にすり替えられる前、展示小屋にはそれぞれ本物の絵が……」

「ないって」絢奈はきっぱりといった。「もともと神馬さんが偽物つかまされて購入しちゃったんでしょう?」

「なにを馬鹿な……」

「絵の購入に一億円以上もかかった手前、いきなり閉園したら怪しまれるし、内外の信頼も失うから、経営者としちゃ焦っただろうねー。へたな工作をして自分の首を絞める事態になったら嫌だし、どうにもできずにずるずる運営しつづけるしかなかった。だから、犯行予告の電話がかかってきたと辻村さんからきかされたとき、神馬さんは内心大喜びだったでしょう」

辻村が面食らったように神馬に目を向けた。

神馬は苛立《いらだ》ちをあらわにして、莉子に訴えてきた。「お友達がなにをいってるのか理解に苦しむ。あろうことか私のせいにするとはな」

莉子は黙っていた。絢奈の想像どおりだとすれば、真実はすぐに白日のもとにさらされる。

するとと辻村が身を乗りだした。「侵入した泥棒は、もとから偽物だったものを奪い、別の偽物を残していったというのか?」

絢奈は首を横に振った。「違います。わざわざ香港から絵を盗みにくるぐらいですから、泥棒はかなりの目利きです。ツアーの団体に紛れて侵入、警備員に化けて、偽の警備手順を伝えてカートの荷台に用意した偽物とすり替えていく……。巧妙な計画で臨んだのに、現場にあったのは偽物だった。犯行後、劉富春があっさりと帰国できたのも当然です。空振りだったんで手ぶらで帰っていった。ただそれだけです」

「いいや」辻村は頑固にいった。「もし絵が最初から偽物だったら、たしかに目利きの泥棒はその場で気づいただろう。すり替えなどおこなわなかった。だが、現に絵は別の物と変わっていたじゃないか。神馬さんが裏に印をつけておいたのに、なくなっていたんだから」

「書いてないんだって。当たり前じゃん。犯行予告はきたけど、泥棒が盗んでくれない事態を想定して、神馬さんは印を書いたフリだけしておいたの。そうすりゃ偽物にすり替えられたって騒げるし」

神馬は青筋を立てて憤りをしめした。「いい加減にしたまえ！　私を嘘つき呼ばわりして、なにか根拠でもあるのか」

「根拠ねえ。神馬さん、犯行予告がきた時点で警察に通報しなかったじゃん。大事な絵ならもっと警備を増強すりゃいいのに、一か所にひとりだけだなんてさ。本当は警備員なんか引き払わせて、泥棒にどうぞ盗んでくださいって状況をつくりたかったんだろうけど、ちゃんと警備したって事実がなきゃ保険もおりないし」

辻村が真顔になった。「保険……」

「そう。盗難保険。当然入ってたでしょう。保険加入時の鑑定でバレなかったのは、ある意味で不幸中のさいわいだったね。もっとも神馬さんもその時点では本物と信じてたんだろうけど。美術公園のオープンを前に事実が発覚してからは、なんとか保険金が下りるような盗難事件が起きないかと心から願ってたはず。わざと警備を手薄にしてたから博物館で石器が盗まれたんだし、高価なはずの絵画も小屋ごとに一枚ずつ展示して、あえて盗まれやすい状況に置いてきた。偽物とばれないていどにツアー客の受けいれを始めたのも、泥棒に侵入の機会を与えるため。今回も犯行予告を受けて、保険会社が納得してくれる最低限の警備しか実施してない」

神馬がテーブルを叩《たた》いた。「戯言《ざれごと》をいうな！　カタログを見てみろ。展示小屋にあった絵はすべて本物だった。揺るぎない事実だ」

絢奈は落ち着いた声で応じた。「カタログの写真なんて、本物に決まってんじゃん。どっかから転載した本物の画像だろうし。展示小屋のなかも撮影禁止にしてたから、証拠は残らないし」

ふんと神馬は鼻息を荒くした。「あいにくだったな」

辻村が妙な顔をして神馬を見やった。信じてきた経営者の態度に違和感を覚えたらしい。

するど、絢奈が覚めたような口ぶりでいった。「本当、あいにくって感じ。神馬さんにとってだけど。ツアーのお客さんのなかにマナーの悪い人がいて」

神馬の表情がこわばった。「なんだと?」

絢奈が大判のプリント写真を取りだし、テーブルの上に滑らせた。「撮っちゃいけないって再三、釘《くぎ》を刺したんですけどね。お客さんのひとりが隠し撮りしてて」

それは展示小屋の内部だった。壁に掲げられているのは『哀悼』。けれども、描かれている女性のドレスの色が、真作とは異なっていた。緑ではなく紫に染まっていた。

ふたりの男は食いいるように写真を見つめていたが、やがて辻村が目を剝《む》いて神馬を睨《にら》みつけた。

「こ」神馬が声を震わせた。「こんな物……。トリックだ。フォトショップで色を変えたんだ。あるいは合成だ」

辻村は写真を手に取り、顔をくっつけんばかりにして眺めた。「いや。小細工したとは思えない。これはたしかに展示中の絵を撮影した写真そのままだ。神馬さん……」

「ご、誤解だ！」神馬はすっかり取り乱していた。「絵は本物だったんだ。少なくとも私はそう信じてた」

「本当のことをおっしゃってください！　私には警備主任としての責務があります。でなければ外部に意見を求め、真偽を問いますよ」

うろたえたようすの神馬が情けない声を発した。「ここだけの話にしてくれ。頼む。絵を買ったときには本物と信じてた。私もだまされたんだ」

辻村が厳しく問いただした。「事実とお認めになるんですね」

「……致し方あるまい。写真を撮っていた団体客がいたからにはな」神馬は忌々しげにプリントを絢奈に押しやった。「モラルのない客を率いててよかったな」

絢奈はとぼけたような顔になった。「お客さんにモラルがない？　とんでもありません。ツアー参加者は常識をわきまえた人たちばかりです」

「なんだと？　だがその写真は……」

「これはね。さっき撮ったの。辻村さん、ロッカーに保管してある贋作も自由に見ていいっておっしゃったし、園内の散策も許可してくださったじゃん。だから一枚持ちだして展示小屋の壁に飾って、デジカメで撮影してから、駅前のプリントサービスで焼いてもらったんです。楽勝って感じ」

ふたりの男はまた顔を見あわせた。表情が揃って苦いものになる。

神馬が辻村に嚙《か》みついた。「きみがそんな勝手を許したのか」

すかさず辻村が反論した。「もとはといえば神馬さん、あなたの身からでた錆《さ》びですよ！」

「私を告発する気か？　きみも失職になるぞ！　だいたい、警備員がひとり増えていたことに気づかないなんて、とんだ警備主任だ」

「自分の嘘を棚にあげて、よくも……」

莉子は咳《せ》きばらいをしてみせた。神馬と辻村が口をつぐんで、莉子を見つめてきた。

覚めきった気分で莉子はいった。「おふたりの事情はともかく、こっちもお願いしたいことがあるんですけど。添乗員派遣会社クオンタムの泉谷社長宛てに一筆もらっていいですか。浅倉絢奈に落ち度はなかったし、盗難があったってのも勘違いだったって。バヨン＝ルイの絵の展示は中止。すべて実行してくれるなら、このまま黙って帰りますけど」

夜八時過ぎ。きらびやかなイルミネーションの下、赤坂通りの歩道は会社帰りの人々で賑《にぎ》わっている。

莉子は絢奈と並んで歩きながらいった。「泥棒があっさり出国できたのは何も盗《と》っていなかったから、かぁ。思いつきもしなかった。直感恐るべし」

絢奈が笑った。「莉子があそこまで論理的に解明してくれなきゃ、なにもできなかったって。ロジカルとラテラル。わたしたちっていいコンビかも」

「そうかもね」と莉子は笑いかえした。「社長さん、絢奈の職場復帰も即決してくれたし」

「莉子が要求してくれた手紙のおかげ。本当にありがとう」

「向こうが従順になってたからよ。絢奈の張った罠《わな》の効力で……。偽の写真で追い詰めようなんて、ほんと水平思考ならではの解決法」

絢奈は自嘲《じちょう》気味な物言いでつぶやいた。「チートは得意技だから」

実際、その思考のみをとらえればまさしく〝閃《ひらめ》きの小悪魔〟。

でも絢奈の屈託のない笑みに、邪心は垣間《かいま》見えない。彼女はどこまでもすなおだった。人の意表を突く才能を秘めていても、決して横暴の海に溺《おぼ》れたりしない。

一軒家ふうのイタリアン・レストランの前に着いた。絢奈が立ちどまった。「じゃあ、わたしはここで……」

「またね。絢奈」

絢奈はにこりとしてうなずき、店のエントランスに駆けていった。

開け放たれた扉の向こうに、テーブル席が見えた。どことなく絢奈と共通する面影の夫婦がいた。もうひとり、ストレートの黒髪にスレンダーな体型の若い女性も同席している。きりりとした顔つきだが、両親以上に絢奈に似ていた。彼女が姉の乃愛《のあ》に違いない。

遅い、と乃愛がいった。お待たせ、と絢奈が応じる。家族は揃って笑い声をあげていた。絢奈は、心から嬉《うれ》しそうにしていた。団欒《だんらん》がゆっくりと閉じる扉の向こうに消えていく。

両親とはもう少しぎこちない関係かと思っていたが、案外打ち解けている。莉子はそう思った。時間の経過とともに変化は訪れている。わたしはどれだけ変われたのだろう。

都会の喧騒《けんそう》に、短い笛の音《ね》に似た風が吹き抜ける。木枯らしに冬の気配が漂いだしていた。莉子は舞い散る落ち葉のなかを歩きだした。白い雪が降り積もるころにも、温かい気持ちでいられる。それはどんなに素晴らしいことだろう。

第5話　長いお別れ

千代田区富士見《ふじみ》一丁目、日本歯科大学生命歯科部の並びに建つガラス張りの瀟洒《しょうしゃ》なインテリジェントビル。その三階に『週刊角川』編集部はある。

小笠原悠斗《おがさわらゆうと》は午前のうちに、先輩記者が書いた記事の校正を終えねばならなかった。壁ぎわに位置する自分のデスクにおさまり、ゲラに赤いペンを走らせる。

隣りのデスクにいた同期の宮牧拓海《みやまきたくみ》が声をかけてきた。「おい。小笠原」

「なんだ？」小笠原は顔をあげずに応じた。

細面ながら、アンバランスなぎょろ目ばかりが印象に残る宮牧は、椅子ごと身を寄せてきて小声でささやいた。「おまえさ。JPN48のシングル買う気ねえか」

「JPNって……。AKBのほか、いろんなグループの合同ユニットだっけ」

「なんだ。記者のくせに流行に疎いじゃねえか」

「流行なのか？」

「当たり前だろ。AKBにSKE、NMB、HKT、乃木坂《のぎざか》だけじゃなくて、ハロプロ勢からもももクロまで、超人気アイドルグループの先発四十八人だけで編成されたスペシャルユニットだぜ？　ドームのチケットも予約完売してるし、CDだって劇場盤が手に入るかどうか予断を許さねえ」

「劇場盤ってなんだっけ」

「ふだんのAKBの新曲でも毎回恒例なんだけどな、店頭販売じゃなく通販で買えるCDだよ。千円と格安だけどDVDはついてない。代わりに握手券が封入されてる」

「……まさかその握手券目当てに、俺に購入を勧めてるのか」

「そうなんだよ！」宮牧は興奮ぎみにいった。「ネットでの申しこみも、ひとり三枚までって制限付きでさ。これじゃ足りねえんだよ。みろ。これがAKBのときの劇場盤」

納品書が差しだされた。呆《あき》れたことに十枚も購入している。記載された発送元は馴《な》染《じ》みのある社名だった。小笠原はつぶやいた。「キャラアニだって……？」

「そう！　劇場盤の販売はな、この角川第三本社ビル九階に入居してる株式会社キャラアニ。角川グループのキャラクターグッズやデジタルコンテンツの企画、制作、販売を手がける会社だ」

「AKB関連を扱ってたのは知ってたけど、JPNもキャラアニなのか」

「なあ……。いまから一緒に九階に行かないか。キャラアニの人に直談判して、握手券何枚か都合してくれないか頼んでみたいんだが」

「ひとりで行けよ。っていうか、すぐ下の八階は管理局と社長室だぞ。キャラアニの社員が怒って苦情を申し立てたらどうする気だよ」

「なんだよ。友達甲斐《がい》のない奴だな。臆病《おくびよう》風に吹かれたか。心が折れたか」

「……最初からその気がないんだって」

「ちょっとおまえ、このスペシャルな握手会の価値がわからねえのかよ。人生を賭《か》けてもいいぐらいだ。それが応募者多数につき抽選にて販売ときた。いまこうしているあいだにも、俺たちの頭上で運命が篩《ふるい》にかけられようとしてるんだぞ。先々月のあっちゃん卒業関連のイベントやコンサートは落選しまくりだった。きっと角川の人間は当たらないようになってんだ」

「勤め先まで書いて応募してるわけじゃないんだろ?」

「なら一緒に九階まで行ってくれ。キャラアニの入り口を見るだけでいいから」

「そんなことしてなんになる」

「祈るんだよ、わかんねえ奴だな!」宮牧は立ちあがった。「もういい。俺ひとりでいってくる」

小笠原は手もとのゲラに目を戻した。ほうっておこう。さっさとこの仕事を片付けて、昭和記念公園の取材に合流しないと。

校正作業は一時間ほどで終わった。小笠原はカバンを片手に取材にでかけることにした。エレベーターで一階に下り、ロビーを突っ切って外にでる。

秋の陽射しは柔らかく、粉のように白っぽい。エントランス前、タイル張りの公園風スペースでは、近隣の住民がベンチでくつろいでいた。

飯田橋駅に向かおうとしたそのとき、耳に覚えのある女性の声が呼びかけてきた。

「小笠原君」

振りかえると、津島瑠美《つしまるみ》が立っていた。時間帯に合わせたのかOL風の装いをしている。ヘアスタイルは、直前までセットに余念がなかったと思えるほどに、ばっちり決まっていた。

都内で再会するとは予想外だった。小笠原は気まずく感じたが、瑠美のほうはあっけらかんとしている。

「ああ、瑠美さん」小笠原はいった。「ずっと東京にいるの？　そろそろ有給休暇も使い果たしちゃうんじゃない？」

「まあね」瑠美は微笑みかけてきた。「でもわたしにとっては有意義だから。ちょっと早いけど、お昼いっしょにどう?」

「……ごめん。これから取材で立川《たちかわ》まで行かなきゃ」

「そうなの?」瑠美は心底がっかりしたようにつぶやいた。「残念。あ、小笠原君。そのうち誕生日でしょう?　プレゼントは何がいいかな」

思わず苦笑が漏れる。小笠原は穏やかに答えた。「ありがとう。でも、はしいものは特にないよ。誕生日までもまだ日があるし」

「わたしが東京にいるうちにお祝いしたいんだって。どんなものをプレゼントされたら嬉《うれ》しいかな。入手困難なものでも頑張るから」

「入手困難って……。JPN48の劇場盤っていうか、握手券とか?」

「はあ?　なにそれ」

「冗談だよ」と小笠原は笑ってみせた。「じゃ、またね」

立ち去りながら、小笠原の胸に暗雲が渦巻いていた。すべて終わったと思っていたのに。

代官山の質屋、ジャック・オブ・オールトレーダーズのカウンターで、莉子《りこ》は漆器の鑑定中だった。

「んー」莉子は所感を口にした。「描かれている鶴が白いですね。チタンホワイトを顔料に使ってるみたいです。昔は鉛白や胡粉《ごふん》が漆膜と反応して変色するから、こういう色はだせなかったんです。当時の鶴なら銀蒔絵《まきえ》か銀箔《ぎんぱく》で描いたでしょう。ごく最近のものですね」

駒澤《こまざわ》もうなずいて同意をしめしてきた。「少なくとも室町時代ってことはないな。さすが凜田《りんだ》さん、的確だよ」

従業員が駆け寄ってきた。「駒澤さん。質屋組合のメルマガに、在庫があれば至急引き取りたいって物がでてます。直径五センチ、長さ十五センチの円筒型、金属製。断面の円の中心に直径五ミリの穴があいてます。本数はいくらでも可って」

「円筒？　それも軸に穴があいてるやつか？」

「いちおうDIY用の資材として市販されている規格だそうです。でも入荷してるホームセンターもあまりないらしくて、至急ほしがってるクライアントの要望に応《こた》えられる店があれば、お願いしたいって。あとは、厚さ〇・五ミリのゴム布、黒。幅十五センチ、長さ五十センチ。こっちもありったけほしいそうです」

「クライアントは業者ですか」

「いえ、個人らしいです。東京都町田市《まちだ》相原町《あいはら》七三四二」

「山奥だな。倉庫の資材をひととおり見て、該当する物があったら売ることにしましょう」

わかりました。従業員は売り場から裏につづく戸口へと立ち去った。

莉子は微笑してみせた。「なんでも屋さんみたい」

「ほんとに」駒澤も苦笑に似た笑いを浮かべた。「高い商品が売れなくなってるからね。薄利多売でも在庫はできるだけ少なくして、お金に換えなきゃいけないんだよ」

「そこまで困ってるようには思えないけど」

「今月は売り上げがよかったからな。優秀な鑑定家さんのおかげでね。……もうすぐ一か月か。早いな」

「そうね」

「うちへ通うこともなくなるね。こっちは物の値段がつけにくくなって大変になるだろうけど」

「以前の鑑定家さんたちが復帰するんでしょう？」

「きみほどあらゆるジャンルに精通している人はいないよ。それに……」

「何……？」

駒澤が真顔で話しかけたとき、香河崎《かがわざき》の声が店内に響いた。「JCBだと!?」

振りかえった駒澤の視線を、莉子も追った。レジに立つ香河崎はしかめっ面で、十代後半の少年と向きあっている。

その少年が香河崎にいった。「JPN48の劇場盤だって。売ってない？　握手券が入ってないなら要らないけど」

すると駒澤がレジに歩み寄りながら告げた。「まだ発売日前でしょう。うちでも中古CDの買い取りはしてるし、AKBの劇場盤ってのもよく持ちこまれるけど、握手券はまず抜かれてます」

「なんだ」少年は落胆のいろをしめした。「そうなの？」

「っていうより」駒澤は少年を見つめた。「握手会って、身分証明書の確認があるんじゃなかったっけ。通販で購入した人の名義じゃないと入場できないでしょう？」

少年はにやりとした。「いままでの48グループのときはね。今回はチェックが緩めになるっていうか……身分証がなくても入れるんだって」

「へえ。どうしてだろう」

「握手券さえあれば参加できるんだから、中古だろうとなんだろうとほしいんですよ。もし入荷したら取っといてください。じゃ、また来ます」少年はそれだけいうと、足ばやに立ち去った。別の店にも声をかけにいくつもりかもしれない。

香河崎が不満げに吐き捨てた。「まったく。平日の昼間っから、あの歳の子が何をやっとるんだ。学校はどうした」

駒澤は肩をすくめた。「JPNの劇場盤ね。これで問い合わせも十件目ぐらいかな」

「どうしてうちにそんな物があると思うんだろうな」

「うちだけじゃなくて、世のなかの店という店が質問攻めにあってると思うよ。テレビをつければ、ニュースからバラエティまでJPNの話題ばかりだし」

「本当か？　わしはきいたことないぞ」

近くにいた従業員がからかうようにいった。「店長は演歌専門ですか？」

香河崎はむっとした。「無知だといいたいのか。じゃあきくが、シマウマはヒヒーンじゃなくて、ワンと鳴くって知っとったか」

「まさか」と従業員が笑った。

莉子はうなずいてみせた。「ほんとですよ」

ほらみろ、と香河崎が得意げな顔をしたとき、エントランスのガラス戸が開いた。

入ってきたのはスーツ姿の男女だった。いかめしく堅苦しい顔つきはふたりに共通している。女性は三十歳前後、男性のほうはいくらか上のように思えた。

女性が莉子を見つめてきた。「凜田莉子先生ですか」

「あ」莉子はどきっとした。「は、はい」

几帳面《きちょうめん》そうに会釈してから、女性は名刺を差しだした。「初めまして。わたくし、こういうものです」

受け取った名刺には、大亜《だいあ》印刷株式会社技術管理部、讃岐《さぬき》佳織《かおり》とあった。

もうひとりの男性もおじぎをして、やはり名刺を渡してきた。こちらにも同じ会社と部署で、岩垣健人《いわがきけんと》と記してある。

大亜印刷。老舗《しにせ》で、特殊な偽造防止技術に定評のある会社だった。国内の株式証券の過半数を手がけているときいた。

佳織がいった。「早速ですが、これを見ていただきたいんですが」

差しだされたのは、一万円札と同じぐらいの大きさの紙片だった。うすいピンクいろの繊細な模様の上に、黒インクで文字が印刷してある。

莉子は驚きを禁じえなかった。JPN48握手会参加券。左上には、握り合う手のイラストがロゴ化されていた。

駒澤が穏やかにつぶやいた。「飾っておいたら人が殺到するな」

莉子は佳織を見つめた。「これはいったい……」

「うちで印刷することになったんです」と佳織は告げた。「ＡＫＢ関連の握手券は従来、ホログラムシールを貼ることでコピーを防止し、あとは来場者の身分証のチェックで可否を判断していました。でもＪＰＮは多様な販売ルートの経営陣の総意と、入場時の人件費節減のため、身分証の照会はなくなりました。しかし偽造防止には最大限の努力をはらう決定が下され、弊社に依頼がきたのです」

大亜印刷製の握手券。なるほど、本格的だった。特殊な磁気インク、緻密《ちみつ》な模様とグラデーションを表現した見事な製版。コピーした時点でこの模様は完全に潰《つぶ》れてしまい、印象はまるで異なるものになるだろう。もはや芸術と呼べる域に達していた。

だが……。

莉子はきいた。「これは試作品ですよね？　裏が白紙ですし」

「そうです。あくまで印刷の見本です」

駒澤も佳織に質問した。「このサイズではＣＤのジャケットに入りませんね。折るんですか？」

「はい。それも複製防止の一環です。コピーの場合は折り目が白くなりますし、重なった部分にインクも移りがちなので、見分けやすいんです」

莉子はすなおに感心した。「証券どころか紙幣に匹敵する出来栄えですね」

佳織の表情に初めて微笑が浮かんだ。「お分かりいただけましたか。よかった。正直、ほっとしてます。なにしろ警察に被害届をだそうにも、これの技術的価値がどれほどのものか理解してもらえないので」

「被害届？」

岩垣がアタッシェケースをカウンターに置いた。蓋《ふた》が開けられ、クリアファイルが取りだされる。六枚の握手券がおさまっていた。二枚が表、残る四枚が裏になっている。岩垣はファイルごとひっくり返した。片面は六枚とも白紙だった。

佳織がいった。「表のみ印刷したサンプルが合計三枚、裏のみが四枚。弊社の技術の粋を結集した握手券の見本、現存するすべてです」

莉子は妙に思った。「どうして三枚と四枚なんですか。半端ですね」

「そこです」佳織は真顔になった。「本来は四枚ずつあったんです。表のみを印刷したサンプルが一枚、紛失しました。ありていにいえば盗まれたんです」

「……間違いないんですか」

「ええ。きのうわたしが技術管理部のオフィスで、デスクに置いてあったクリアファイルを金庫にしまおうとしたときです。よく見ると、一枚が欠けていました。部署内の全員にたしかめましたが、誰も知らないというんです。けれども、そんなはずはありません」

「盗んだのは内部の人間ってことでしょうか」

岩垣が告げてきた。「私はこの握手券の制作チームの一員でして、製版と印刷の両方に携わってます。技術者は全員、インクの種類から工程まですべてを知り尽くしてます。もし技術について盗むつもりがあったのなら、制作チーム以外の人間だと思います」

莉子はきいた。「さっき被害届とおっしゃいましたが、警察に通報はしたんですか」

佳織がうなずいた。「わたしが一一〇番に電話しました。しかし弊社にとってみれば、これはただの物盗《と》りではなく、貴重な企業秘密の流出です。ことの重大性を訴えたのですが、警察関係者にはいまひとつご理解いただけないようで……。具体的にどんな物なのか客観的な評価がほしい、とのことでした。会社側の主張だけでは、捜査員を増員できないともいわれました」

「すると、わたしが鑑定書を書けばいいんですか？　もっと適任の専門家がおられると思いますけど」

「警視庁捜査二課の宇賀神《うがじん》という警部さんが、鑑定家の凜田先生なら何度かお世話になってるし、信用できるとおっしゃったので」

「ああ、宇賀神さんが……」

香河崎が大仰に顔をしかめながら告げてきた。「すまんが、質入れの相談でないのならほかでやってくれんか。ここは質屋だ。直哉《なおや》も首を突っこむなよ。一円にもならんことのために店を空けたら、承知せんぞ」

巨体を揺すりながら、香河崎は店長室の戸口に消えていった。売り場の一同に困惑の空気が漂った。

駒澤が莉子にささやいてきた。「握手券の入った劇場盤、たしかキャラアニって会社の取り扱いじゃなかったっけ。キャラアニといえば、同じビルに勤めてるお友達がいるだろ？　頼りになる記者さんが」

莉子は苦笑した。「そうね。相談してみる」

角川ビル三階の会議室群は、それぞれの部屋に子《ね》、丑《うし》、寅《とら》、卯《う》……と十二支の名を冠している。そのなかの一室、酉《とり》の間で、莉子は大亜印刷のふたりと小笠原を引きあわせた。

応接セットのソファにおさまり、佳織の口から握手券についての詳細が説明される。小笠原はメモを取りながら話をきいていた。

佳織はいった。「凜田さんにもお話ししたんですが、JPNの握手券は転売防止よりも偽造防止のほうに重点を置いて制作される方針でした。したがって、このサンプルを基に偽物がでまわったりしたら大問題です。劇場盤CDの発売から握手会までは日数もあまりないので、そのような心配もなかったのですが、いまからならば完璧《かんぺき》とはいえなくとも精度の高い複製を作ることが可能かもしれません」

「でも」莉子にはどうしても疑問に思えることがあった。「偽物を作るためにサンプルを盗んだのなら、表のみ印刷された一枚だけじゃ意味ないですよね？　どうして裏を刷ったほうの見本も同時に持ちださなかったんでしょう」

「そこは謎です。ひとまず表のほうだけ解析して、偽造可能なレベルかどうか検証する気だったのかもしれません。あきらめてくれればいいんですけど」

小笠原が岩垣を見つめた。「制作チームのメンバーはみな印刷技術のすべてをご存じなんでしょう？　ということはむしろ、サンプルなしでも複製が作れるわけですよね？」

「いいえ」岩垣は生真面目に応じた。「私に限らず、制作チームは誰ひとり握手券の偽造はできません。紙が違いますから」

「紙？」

佳織がいった。「JPN握手券の複製防止の要《かなめ》です。印刷は私ども大亜印刷、そして紙のほうは甲陵《こうりよう》製紙さんに発注がなされているんです」

莉子は息を呑《の》んだ。「甲陵製紙ですか。かつて紙幣用の和紙の開発にも関わった……」

「はい。他社に真似のできない独自の製法により、表層の滑らかさと耐久性にすぐれた紙の繊維を開発しています。インクの明度もほかとは段違いですから、いっそう弊社の技術が引き立ちます。しかも甲陵製紙さんは今回の握手券用に、新たな仕様の紙を制作したんです。触ってみれば違いはすぐにわかります」

大亜印刷と甲陵製紙が、互いに門外不出の製法をコラボレートする。たとえどちらか一方の技術のみで偽物を作ろうとしても、決して実現できないシステムになっている。

小笠原がため息まじりにつぶやいた。「なんてすごい……。本当に紙幣並みの徹底ぶりですね」

佳織はうなずいた。「じつは、当初は弊社のみで握手券の制作をおこなうことになっていまして、完成版の甲陵製紙さんの紙にわりと近い質のものを使い、印刷が開始されてました。二百枚ほど刷ったところでストップがかかり、甲陵製紙さんと協力するよう指示が下されたのです」

岩垣がいった。「それまで印刷したぶんは責任を持って破棄しました。そして先週から、甲陵製紙さんの紙が工場に届き、印刷が再開されています。工程には両者の関係者が立ち会っているうえに、大勢の警備員が動員され、一部始終をHDDカメラに記録しています。枚数はしっかりと管理され、ただの一枚も多く刷られることはありません。すべて仕上がりしだい、キャラアニさんに配送されることになってます」

小笠原が岩垣を見つめた。「AKBの握手会によく参加してる友達がいるんです。彼に以前の握手券を見せてもらったことがあるんですが、シリアルナンバーが記載されるのでは？」

「はい。今回の握手券にも、サンプルでは空欄になっているあたりに入ります。ただし、イベント当日はその数列に関し、一定の法則に沿った見分け方がスタッフに教授されるだけです。法則は従来のAKB握手券と同じです。そこを踏まえてしまえば、偽造用の番号をでっちあげるのは容易です」

ふいに佳織が神妙に告げた。「週刊誌記者さんの前だからこそ申しあげますが……。今回の盗難、誰が犯人ならば得をすると思いますか」

「さあ」小笠原はたずねかえした。「誰ですか」

佳織は真顔でいった。「甲陵製紙さんですよ。いいですか、彼らは握手券用の紙を作り放題です。あとは弊社の印刷技術さえ解析できれば、彼らは本物とうりふたつの握手券を作りだせます」

「……あくまで推測でしょう」

岩垣も身を乗りだした。「根拠があるんです。インターネット上で、JPN48の握手券を都合できると触れまわっている人間がいます。スケアクロウというハンドルネームでSNSに書き込みをしているんです」

莉子はいった。「たんなるいたずらか、品物を用意しないで金品だけせしめようとする詐欺師かも」

「いえ」佳織が首を横に振った。「それならいいのですが、この人物の身元を知ったとき、わたしたちは絶対に見過ごせないと確信しました」

「身元って?」莉子は佳織にたずねた。「スケアクロウさん、SNSのプロフィール欄で実名を公開してるとか?」

「そうではありません。じつはそのSNSを運営するサイバープライネット社は、弊社が大株主でして、実質的にグループ傘下の子会社といって差し支えありません。そこから情報を入手できたのです」

莉子は思わず小笠原を見つめた。小笠原も苦い顔で莉子を見かえした。

小笠原が佳織にいった。「あまり感心しないやり方ですが」

佳織は悪びれたようすもなく応じた。「やむを得ない状況です。わたしも岩垣も、みずから責任を取る覚悟はできてました。しかし、この調査により重大なことが明るみにでたんです」

岩垣が大判の封筒から写真を取りだした。眼鏡をかけた馬面の男が写っている。年齢はまだ若く二十代半ばから後半、頭髪はちぢれていた。天然パーマかもしれない。スーツに白衣を羽織っている。

「彼です」岩垣は写真を指差した。「ハンドルネーム、スケアクロウです。正体は甲陵製紙株式会社に勤める正社員、高須蒼真《たかすそうま》」

莉子は絶句せざるをえなかった。小笠原も呆然《ぼうぜん》とした面持ちになった。

握手券の紙を作っている企業の一社員が、ネット上で握手券を融通できるとうそぶいている……。大亜印刷でのサンプル盗難と考え合わせると、たしかに怪しむべき事象に違いない。

小笠原が佳織と岩垣をかわるがわる見ていった。「サンプルの盗難は御社内部の犯行では……?」

佳織は険しい顔つきになった。「弊社は甲陵製紙さんとお仕事させていただくのは初めてですが、今回の握手券については互いに企業秘密はあるものの、協力関係にあります。よって甲陵製紙さんの社員が弊社に出入りすることも、頻繁にあるのです。もちろん技術管理部の中枢にはなかなか近づけないはずですが、私どももこんなことが起きるとは思わなかったので、警備を徹底していたかと問われれば……。難しいところです」

岩垣が後を引き継いでいった。「SNSでスケアクロウはすでに百人以上からの申しこみを受けつけているようです。当事者にしか見れないメッセージのやりとりがおこなわれているので、価格はいくらに設定しているか不明ですが、一部には非常に高額との噂もでています。会社ぐるみとまでは思いませんが、この高須蒼真という社員はまぎれもなく犯罪行為に加担しているのです」

小笠原がおずおずといった。「スケアクロウがこの高須氏とわかっているのなら、甲陵製紙側に訴えて内部調査に踏みきってもらうべきでしょう」

佳織は首を横に振った。「弊社から正式に抗議したのでは、両者の関係がぎくしゃくし始めて、パートナーシップに亀裂《きれつ》が入ります。トラブルを懸念したクライアントから、今回の依頼を撤回されてしまうかもしれない。なにせ史上最高の売り上げを期待されるアイドルユニットですから、大きなお金が動きます。ビジネスを放棄することはできません。そこで外部、とりわけマスコミからの告発こそが事態の打開に大きな力になります。ぜひとも週刊誌で、この高須という男の悪行を暴露してください」

小笠原はあわてたようにいった。「記事にするには、名誉毀損《きそん》にならないよう裏をとる必要があります。すべてが事実だと裏づけられなければ」

大亜印刷のふたりは、揃って目を輝かせた。佳織が頭をさげた。「ぜひそうしてください。真相があきらかになれば、私たちも安心して日々を過ごせます」

莉子は戸惑いを覚えながら、小笠原と顔を見合わせた。

ようするに偽造そのものより、会社が握手券制作プロジェクトから外されることを危惧《きぐ》しての訴えらしい。スーパーアイドルユニットの市場に関わることになった大人たちの、なんとも世知辛い利権の奪いあい。それが両社に介在するすべてだった。

津島瑠美は、滞在する渋谷エクセルホテル東急の五階ロビーにいた。インターネットのブースに入り、調べものをつづける。百円を投入すれば十分間使えるパソコンだが、瑠美は抜かりなく数十枚の硬貨を両替して積みあげていた。

ＪＰＮ48の握手券……。いったいどこで手に入んのよ。瑠美はひとりごちた。

それにしても、小笠原君が女性アイドルグループに興味を持っていたなんて。素朴なサッカー少年だったはずの彼も、上京してずいぶん変わったらしい。中学のころは坊主頭の黒人選手ティエリ・アンリの下敷きを愛用していたはずだが。

もろ手を挙げて賛成という気分にはなれないものの、わたしのほうもK―POPの男性歌手に熱をあげることはある。異性とはいえ、芸能人のファンになるぐらいは許容の範囲内だろう。将来の〝人生の伴侶《はんりょ》〟としては。

何時間も多種多様なキーワードを駆使して検索をおこなってきたが、いっこうに確実な入手方法が見つからない。劇場盤CDの購入を申しこんでも、実際に買える確率は百分の一以下との情報もあった。これでは話にならない。

気が滅いりそうになったとき、ふと掲示板の書きこみに注意をひかれた。

〝JPN握手券？　例のSNSにいるスケアクロウって人が扱ってるよ　業者の横流しっぽい〟

見つけた。瑠美は思わずほくそ笑んだ。

翌朝、莉子は小笠原に会うため角川書店に出向いた。しかし三階の受付によれば、小笠原はいまだ編集長と話し合いの最中で、会議室に籠《こ》もりっきりだという。まだ高須の件を取材する許可がでていないらしい。莉子は一階で待つことにした。

エレベーターを下りてエントランスフロアに戻る。

するとと、インフォメーション・カウンター前に津島瑠美の姿があった。瑠美は笑顔で女性にたずねていた。「小笠原君いますかぁ。『週刊角川』の」

女性が戸惑いがちに応じる。「角川書店においでででしたら、三階のほうに……」

莉子は歩み寄って声をかけた。「おはようございます、津島さん」

「ん？」瑠美は妙な顔をして莉子を見つめてきた。それから、ああっと声をあげて、目を細めて笑った。「ええと、凜田莉子さんだっけ。万能鑑定団の」

「団じゃないけど……。小笠原さんならいま会議中よ」

「なんだ！　そうなの。彼の欲しがってるプレゼント、手に入りそうだから報告にきたのに」

彼。瑠美の態度や言動はまるで変わっていない。むしろ前より語気が強まったように思える。

莉子はきいた。「プレゼントって？」

「ＪＰＮ48の握手券」

驚きを禁じえない。莉子は瑠美を見つめた。「握手券って……。小笠原さんが欲しいっていったの？」

瑠美は勝ち誇ったような笑みを浮かべた。「第三者にはプライバシーを漏らさないものよね。わたしにはちゃーんと判ってるもん」

「劇場盤CDって、なかなか買えないんじゃなくて？」

「それがねー。いいルートがあんのよ」

「……ひょっとして、SNSのスケアクロウって人から買うとか？」

「知ってたの？」瑠美は迷惑そうな表情になった。「凜田さんもそこで買う気？」

「いいえ。そんなつもりはないけど」

「よかった！　プレゼント被《かぶ》ったら嫌だもんね」瑠美はふいに真顔になって、莉子を見つめてきた。「凜田さんって……」

「な、何？」

「小笠原君が信頼を寄せてる、数少ないビジネス上の知り合いだってことは、よくわかったけどさ。わたしはプライベートで小笠原君を支えていかなきゃならないから」

「……どういう意味？」

「中学のころからずっと仲良しだもん。ちょっとばかし気持ちが揺らぐことがあっても、絆《きずな》ってそう簡単になくならないものよ」

「津島さん。あのう……」

「また連絡するって小笠原君に伝えといて。それじゃ」瑠美はそういって、片足を軸にターンすると、鼻歌まじりにエントランスをでていった。

最後まで笑顔を絶やさなかった。と同時に、まるでこちらの話に聞く耳を持たない頑《かたく》なさを貫いていた。うわべほど友好的な気分ではなかったのかもしれない。

ぼんやりと見送っていると、背後から小笠原の声がした。「凜田さん」

莉子は小笠原を振りかえった。「あ……。会議終わったの？」

「ああ、終わったよ。いまでていったの、瑠美さん？」

「そう。小笠原さん、瑠美さんにJPNの握手券おねだりした？」

「握手券だって？　……まいったな。またなにか勘違いさせちゃったみたいだ」

莉子はもやもやしだした。「中学のころからの絆はなくならないともいってたけど。それも勘違い？」

「うーん。ロジカルやラテラルならぬ、ポジティブ・シンキングだな。瑠美さんは」

「スケアクロウのもとから買うつもりよ」

「マジで？　まずいな。真相解明を急がなきゃ。取材の許可も下りたし、これで堂々と動けるよ」

気を取り直して、事実を追及せねばならない。莉子はきいた。「どこをあたってみる?」

「そうだな」小笠原は微笑した。「週刊誌記者だしね。直撃取材も悪くないかな」

甲陵製紙株式会社は資本金三百億円、連結売上高が平成二十三年三月期で四千億円、単独でも三千五百億円の大企業だった。従業員数は三千三百人。高須蒼真はそのなかのひとりになる。

莉子は小笠原の取材に同行したものの、ただひたすら暇を持てあますことになった。八重洲《やえす》一丁目の甲陵製紙本社ビルの向かいに位置するカフェで、時間を潰《つぶ》すしかなかった。

小笠原が受付でたずねたところによれば、高須はどうやらこのビル内の勤務ではなく、技能支所と呼ばれる都内の研究施設のひとつに配属されているらしい。ただし正社員である以上、一日にいちどは本社ビルに顔をだす義務があるという。それが何時になるかは、まったくわからないとのことだった。

カフェの窓ぎわの席で小笠原と向かいあいながら、傾いていく午後の陽射しをぼんやりと眺めつづける。取材とはなんとも根気のいる仕事だった。

午後二時をまわったころ、小笠原がいきなり立ちあがった。窓の外を眺めてから、カフェの外に駆けだしていく。

支払いを先に済ませておけるカフェでよかった。莉子も小笠原を追って外に飛びだした。

甲陵製紙の正面ゲートへ足を運ぼうとしているのは、ひょろっとした青年だった。スーツを着ているがネクタイはなかった。写真の印象よりもやつれて瘦《や》せ細ってみえるものの、まぎれもなく高須蒼真その人だった。

小笠原が駆け寄って声をかけた。「スケアクロウさん」

高須は足をとめた。ゆっくりと小笠原に向き直る。なにごとかと小笠原に目でたずねた。

近づいた小笠原は愛想よく告げた。「高須さん。SNSに参加してらっしゃいますよね。スケアクロウのハンドルネームで」

「……どちら様でしょうか」と高須はきいた。

「申し遅れました。『週刊角川』の小笠原といいます。高須さん、JPN48の握手券を用立てられるそうですが……」

高須の表情はこわばった。失礼します、そういって足ばやにゲートをくぐり、社屋のエントランスへ消えていった。

警備員が小笠原の行く手を阻んでいる。小笠原は頭を掻《か》きながらゲート前を離れた。

莉子は小笠原に歩み寄った。「ずいぶんストレートにきいたのね」

「まずかったかな」

「いいえ。あの人、動揺してたのはたしかだし」

「でも会社に逃げこまれちゃな」小笠原は社屋を見あげた。「真っ当に取材を申しこんでみるか。望み薄だけど」

小笠原は話を通すべく受付に足を運んだが、高須はすでに本社ビルをでているといわれてしまった。

これだけの規模の建物だけに、出口はいくらでもあったのだろう。あるいは取材を許可しないという意思表示かもしれなかった。

ならば高須以外の社員に話をききたい、そう食いさがると、本社裏一階の総務二課をたずねるようにいわれた。羽生《はぶ》という課長なら手が空いているという。

なんとなく盥《たらい》まわしが始まっている気がしないでもないが、ほかに道はない。小笠原は莉子を連れてビルの裏側にまわった。

総務二課と大書されたアルミ製のドアが開放されている。傍らにはダイハツのコペンが、車体を半分乗りあげて駐車中だった。なぜかボンネットを開けた状態で放置してある。運転席にも助手席にも人はいない。

　オフィスに向かい戸口を覗《のぞ》きこむ。事務デスクとロッカーが連なる室内。中年男性がひとり携帯電話片手にうろつきまわっている。彼が課長の羽生に違いない。

「だからいってるだろ！」羽生は声を張りあげた。「サポートセンターに電話しろっていうからしてるんだ。症状？　さっきも説明したじゃないか。USBデバイスが認識されていません、とかそんなメッセージがでるんだ。ポップアップも止まらん。馬鹿みたいに、認識して切断して、また認識して、と繰りかえしてやがる。……それはやった。問題を解決するにはこのメッセージをクリックしてくださいって、そう書いてあるからクリックしたさ。ところが、不明なデバイスとか表示がでるだけだ。USB機器はぜんぶ外した。これ以上何をやれってんだ」

　デスクの電話が鳴った。羽生はケータイに、ちょっとまてと告げてから、受話器のほうを取りあげた。「はい総務二課。あ、コペンのほうはですね、いまダイハツに問いあわせてます。ええ、ワイパーが変な音を立ててると伝えてありますよ。ただダイハツが、寒冷地仕様かどうかとか、よくわかんないことをきいてくるので……。だいじょうぶです、会社の備品ですから、ちゃんと直しますよ。それでは」

小笠原は唖然《あぜん》としながら眺めた。実質的には庶務課の仕事のようだった。それもひとりで対応している。まさしく多忙の極みだった。

それでも黙って立っているわけにはいかない。小笠原は遠慮がちに声をかけた。「あのう。羽生さん……」

羽生は険しい顔のまま、片手をあげて制してきた。番号をプッシュして電話をかける。「総務二課の羽生だが。帳簿の記載が抜け落ちとるよ。八千八百円のバルブと一万千円の現像器キット、一万二千百円のオゾンフィルターに一万四千三百円の定着ユニット。それに一万円のフューザーカートリッジ。どれも税込みだ。支払いの合計額が三十万になっとる。十五個以下なんて曖昧《あいまい》すぎる。……担当者がでとるだと？　戻ったら電話しろ！」

受話器を叩《たた》きつけた羽生に、小笠原はふたたび話しかけた。「受付から連絡が入ったと思うんですけど、私は『週刊角川』の……」

「待っとれ！」羽生はむくれたようすでいった。「みろ。ノートパソコンがトラブっちまって仕事にならん」

「どれぐらい待てばいいでしょうか」

「知るか。とにかくぜんぶ解決してからだ。夜中になるか明朝になるか、まるで予想できん」

取りつく島もないとはこのことだった。小笠原は困惑とともに黙らざるをえなかった。

ところがそのとき、小笠原の脇を抜けて莉子が室内に入っていった。

「失礼します」莉子は頭をさげながら、ノートパソコンに手を伸ばした。

羽生が怪訝《けげん》な面持ちで莉子を見かえす。

莉子はパソコンの電源コードを引き抜くと、本体を裏がえしてバッテリーを外した。

「おい」羽生が目を剝《む》いた。「いきなりなにする」

莉子は涼しい顔でいった。「表にあるコペンなら寒冷地仕様です」

「なんだと？」

「ワイパーモーターの部品番号が85120-97217です。一般地仕様なら末尾が7でなく6です」

「……ほんとかそりゃ」

「フューザーカートリッジは八個購入してます」

「八個？　たしかか」

「はい。うかがったお話では、フューザーカートリッジ以外の四つの価格は十一の倍数です。支払いの合計額が三十万ということは、一個一万円のフューザーカートリッジも最大で三十個以下ですが、十五……」

「長い！　結論だけでよろしい。八個で間違いないんだな？」

「……間違いないです」

羽生はノートパソコンに向かいかけて、苛立《いらだ》たしげに舌打ちをした。「ああ、そうだった。パソコンが使えんのだった」

莉子はバッテリーを元へ戻し、コードをつなぎ直してから電源をいれた。

待つこと数秒。ウィンドウズは通常どおりに起動した。

「ほう」羽生は画面をにらみつけた。「直っとる。どうやった？」

「マザーボードに溜《た》まった静電気による悪戯《いたずら》です。放電すれば問題ありません」

「なるほど、たいしたもんだ。優秀だな。うちで働く気はないか」

莉子は苦笑を浮かべた。「すでに鑑定業を営んでいるので……」

「鑑定？　ちょうどいい」羽生はデスクの引き出しから、ベージュいろの置物を取りだした。「重役から、金に換えられるかどうかきかれとる。これは象牙《ぞうげ》か？」

「そうですね……。ちょっと詳しく見てみないと」莉子は置物を手に取りながら、小笠原に目配せしてきた。

時間稼ぎをするつもりらしい。小笠原は羽生に告げた。「よろしければ待ってるあいだ、質問にお答え願えませんか」

「ああ……。週刊誌の取材だったな。高須のことか。答えられることと、そうでないことがあるぞ」

「では回答可能な範囲内で……。高須さんはよくご存じですか」

「研修中はうちの部署にいたからな。もっとも、あいつは検査係だから、雑用を覚えたところで出世にはつながらないが」

「検査係というと……」

「できあがった紙の品質をチェックするエキスパートだ。検査係は極めて厳しい基準で紙の出来ばえをたしかめる。不合格なら独断で破棄できる権限を持っとる」

「支所のほうで仕事をされているようですが、ふだんどこにいるのかわかりますか」

「そうだな。技能支所ってのはようするに、検査係の能力を高めるための指導をおこなう学校みたいなもんだ。都内には複数個所あるが、夏の技能審査の成績しだいで配属先が変わる。あいつは独身でまだ若いから、支所の寮暮らしじゃないのか」

「どの支所でしょうか」

「調べればわかるが、調べる気はない。教えるつもりもない。社員のプライバシーにかかわる問題だ」

「技能審査ってのが何点ならどこに配属されるかってのも秘密ですか」

「いや。そんなものは広報誌にも載っとる。検査係の意識向上のためにも公表しとるからな」

「高須さんは何点だったんでしょうか」

「さあな。本人があきらかにしてりゃ会社のウェブサイトにも載っとるだろうが、しかしたいていの検査係は秘密にしとる。さて、お嬢さん。鑑定は終わったか」

莉子がいった。「ずっしりとした重さがあります。偽物でもなかに錘《おもり》をいれることがありますけど、その場合は光にかざしたときに格子模様が見えなくなります。これは均等に並ぶ縞目《しまめ》も入っているし、まぎれもなく本物の象牙です」

「結構！　薀蓄《うんちく》もそれぐらいの長さなら我慢できる。さあ、仕事にかからねばならん。でてってくれ」

半ば追い立てられるかたちで、小笠原は莉子とともに外にだされた。

小笠原はやれやれという気分でつぶやいた。「なんていうか、やたらエキセントリックな人だったね。でも、一定の収穫はあったな」

「ええ」莉子もうなずいた。「高須さんは紙の検査係。不合格にすれば紙を独断で破棄できる。つまり自由に手にいれられる立場にあったわけね」

翌日、莉子は質屋J．O．Aのカウンターに駒澤と並んで立っていた。来客の少ない時間帯に、iパッドを持ちこんで甲陵製紙のウェブサイトを閲覧してみる。

社内報のページに入ると、サイトにはデザインも特に施されておらず、ただ白地に黒のテキストが載っているだけだった。とりわけ技能審査の結果発表については、表題のほか無味乾燥な解説文、検査係ごとの解答など、きわめてわかりにくい記述に終始している。困ったことに、正解は掲載されていない。

駒澤がいった。「社内の催しだけに、一般にわからせようって気はさらさらないみたいだね」

「ええ。でも試験内容はだいたい理解できた。世界の大手製紙メーカー十社の紙を赤、青、黄……と色違いに一枚ずつ用意して、検査係はそれら十枚の色紙がどのメーカーの製造かを判断する」

「解答は載せている人が多いけど、得点については空欄が多いな。みんな成績は明かしたがらない。当然といえば当然かな」

「得点を記載しているのはわずかに三人」

田尾駿介《たおしゅんすけ》という検査係は、一問正解ごとに十点のところ六十点だった。彼は赤の紙をアメリカのInternational Paper製と答えていた。青を日本製紙、黄はスウェーデンのSCA、緑が南アフリカのSappiとし、紫をフィンランドのUPM、橙《だいだい》はアメリカのSmurfit Kappa Group、桃が中国の玖龍紙業控股。茶をアメリカのSmurfit-Stone Container、白は王子製紙、黒がフィンランドのストラ・エンソと解答している。

香山裕子《かやまゆうこ》は七十点。同じ色の順序で、ストラ・エンソ、日本製紙、Sappi、Smurfit-Stone Container、SCA、Smurfit Kappa Group、International Paper、UPM、王子製紙、玖龍紙業控股と答えていた。

樋川陽一《ひかわよういち》も七十点だった。彼の解答はInternational Paper、Smurfit Kappa Group、Sappi、Smurfit-Stone Container、SCA、王子製紙、玖龍紙業控股、UPM、日本製紙、ストラ・エンソとなっている。

くだんの高須蒼真は、得点を公表していなかった。高須は順にUPM、International Paper、Sappi、王子製紙、SCA、ストラ・エンソ、玖龍紙業控股、Smurfit-Stone Container、日本製紙、Smurfit Kappa Groupと解答している。

「うーん」と莉子は唸《うな》った。「香山さんと樋川さんは黄、緑、紫、茶の四枚について同じ答えになってる。それ以外の六つは違ってる」

「ふたりとも七十点なんだから、七つ正解があるんだよな？　違ってる六枚のうち、香山も樋川も三つ正解してなきゃならない」

「そうね。同じ解答だった黄、緑、紫、茶はぜんぶ正解ってことになる。田尾さんはこの四枚について、異なる解答だからすべて不正解だけど……」

「六十点とってるってことは、それ以外の六枚はすべて正解してるわけだ。これで全問とも正解が判明したんじゃないか？」

「ええ。順番に International Paper、日本製紙、Sappi、Smurfit-Stone Container、SCA、Smurfit Kappa Group、玖龍紙業控股、UPM、王子製紙、ストラ・エンソ。それが正解。高須さんは……三つしか当たってない。三十点」

「あまり出来のいい検査係じゃないみたいだね」

莉子はきのう甲陵製紙本社ビルでもらってきた広報誌を手にとり、ページを繰った。

「技能審査による配属先は掲載されてたはず……。あった。これ。百点は青山技能支所。九十点は西麻布《にしあざぶ》ときて……。五十点は国分寺《こくぶんじ》。四十点なら立川。二十点以下、多摩技能支所」

「成績が悪いほど遠くに飛ばされるのか。案外シビアな世界だな」

「正確な住所はどこかな。載ってないけど」

「検索してみりゃでてくるかも」駒澤がiパッドに指を滑らせた。

レジでは男性客が、栗林《くりばやし》の差しだした外国製のブリキ看板に歓声をあげていた。

「こりゃいい！　喫煙所に飾るのに最適だ。日本語よりかっこいいし」

栗林も上機嫌そうにいった。「でしょう？　Smoke-free って洒落《しゃれ》てますよ」

莉子は戸惑いがちに声をかけた。「栗林さん。それ、禁煙の看板ですよ」

「えっ」栗林は面食らったようすだった。「どうして？　フリーっていうからには自由じゃないの？」

駒澤がため息をついた。「sugar-free は無糖だろ？　これも同じ。煙がないっていう意味」

客が栗林に苦言を呈しだしたとき、香河崎が莉子のもとに近づいてきた。銀いろのブレスレットを差しだしてきいてくる。「これはシルバーかな？」

銀の鑑定用具はカウンターの下に揃えてあった。ブレスレットに磁石を近づけてみたが、くっつかない。硫黄《いおう》入りのニキビ用クリームを塗ってみると、そこだけ黒ずんだ。

莉子は布で磨いて黒ずみを落としながらいった。「間違いないですね。SV925 とも彫ってあります。純度九十二・五パーセントの本物のシルバーです」

「やはりそうか。安く買い取ったおかげで大儲《おおもう》けできたわい」香河崎は上機嫌そうに店長室の戸口に消えていった。

駒澤がつぶやいた。「やっぱりうちの店、凜田さんがいてくれないと成り立たないんじゃないかな」

莉子は思わず笑った。「シルバーの真贋《しんがん》ぐらい、駒澤さんも難なく区別するじゃないですか」

「それはね。叔父《おじ》さんも同じだと思うよ」

「え……？」

「できた」駒澤はiパッドを差しだした。「多摩市じゃないんだな。町田の山林使用状況一覧ってページに載ってるよ。甲陵製紙多摩技能支所。……でもこいつは、ちょっと興味深いな」

「どういうこと？」と莉子はiパッドを見つめた。

所在地は明記されていた。相原町七三八五。

夜十時をまわった。コンクリート平屋建ての研究施設をでると、冷たい夜気が全身を包みこむ。

周辺に、明かりはほとんど見えない。東京都内といえど、はずれにあるこの地域にはひたすら山だけが連なる。闇のなかにぼんやり浮かぶのもクヌギやコナラの木立ばかりだ。

ただし、静寂にはほど遠い。虫の音がけたたましいほどにこだまする。ムササビやタヌキ、イタチすらめずらしくない山奥では、人間以外が喧騒《けんそう》をつくりだしている。

高須蒼真はスポーツバッグをさげて、街路灯におぼろに照らされた山道を下っていった。すでに寮は就寝時間を過ぎているが、だからこそ抜けだしてきたのだった。ほどなく山中に人為的に作られた広場に着く。公園と呼べるほどではないが、ここにはベンチもあるし、星空も見あげられる。

いつものようにしばし手持ち無沙汰《ぶさた》な時間を過ごした。稼ぎが待っている。それだけが心のよりどころだった。

毎日いったい何をやってんだか。自嘲《じちょう》気味にそうつぶやいたとき、眩《まばゆ》いばかりの白い光が走った。

高須はぎくっとして立ちあがった。取引相手とは違う。あいつは明かりなんか灯《とも》さない。

「だ」震える声を絞りだして高須はきいた。「誰だ」

光源は懐中電灯のようだった。その向こうにうっすらと若い男女の姿が浮かんでいる。

男性の声が告げてきた。「高須さん。甲陵製紙の前でお会いしましたね。『週刊角川』記者の小笠原といいます。こちらは鑑定家の凜田莉子さん」

記者。鑑定家……？

突然のことに思考も鈍りがちだった。数秒を経て、ようやく衝撃が全身を貫いた。スポーツバッグの中身を知られてはまずい。記者が動いているからには、怪しまれているのはあきらかだ。決定的な証拠を押さえるためにやってきた。そうに違いない。逃げないと。荷物を抱えて身を翻し、高須は駆けだそうとした。

ところがそのとき、莉子という名の女性がいった。「無理もないです。大亜印刷と同等のレベルの技術を売りこまれたら、握手券はいくらでも偽造し放題でしょう」

足がもつれ、前のめりに転倒しそうになった。鼓動が激しく高鳴る。高須はかろうじて踏みとどまり、背後を振りかえった。「僕はなにも知らない」

「そうでしょうか」と莉子がつぶやいた。

懐中電灯の光が逸《そ》れて、彼女の手もとを照らしだす。

高須はあっと驚いた。莉子が持っている物は、あの男が携帯する道具とほぼ同じだった。

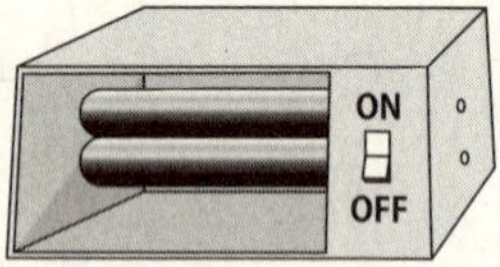

幅十五センチほどの黒光りするローラーを二本備えた、簡易的とも思える印刷機。動力部分の構造は若干ちゃちに見えるが、それにしても……。

莉子は紙幣ほどのサイズの白紙を取りだして、端をローラーに挟《はさ》んだ。スイッチが入る。ローラーは回転し、白紙は引きこまれていく。反対側から印刷されたものがでてくる。JPN48の握手券。

肝を冷やしながら高須はきいた。「き、きみらもその印刷機を……？　どうして持ってるんだ？」

莉子が落ち着き払った声でいった。「コンパクトですけど、準備段階でローラーに慎重にインクを載せておく必要もあるし、一回しか刷れない。あなたの取引相手はおそらく、そんなふうに説明しましたよね。だからいつも二十か三十、これと同じ道具を用意してくる。印刷できるのは一台につき一枚、つまりひと晩の取引で刷りあがるのは二十枚か三十枚のみ。数百枚の偽握手券を作りたいと望んでいるあなたは、彼に毎晩会わなきゃならない。違いますか」

高須の心臓は張り裂けんばかりになっていた。「な、な、なぜ知ってるんだ。印刷機はどこで調達した？」

「わたしが作ったんです。質屋さんにあった資材を使って、二時間ほどで完成しました。動力はマブチモーターと単三電池一本です」

「資材だって？」

「誰かがいろんな業者にあたって手配しようと躍起になってたんです。直径五センチ、長さ十五センチの金属製円筒。断面になる円の中心に五ミリの穴があいてて軸になる。それと厚さ〇・五ミリで幅十五センチ、長さ五十センチ以上の黒のゴム布も。送り先は東京都町田市相原町の山奥。大学のキャンパスがふたつある以外には、甲陵製紙の出張施設および寮、外資系の別荘マンションしかない。そのなかで、送り先の番地は七三四二。ここから一キロほど離れた別荘マンションでした。目的を考えた場合、印刷機を模した道具に違いないと想像がつきました」

「金属製円筒ってなんだ？　意味がわからない」

「作り方を説明しましょうか。金属でできた筒、これら二本です。ゴム布の帯も一枚。幅は円筒と同じです。ゴム布の端をそれぞれ円筒に貼りつけて、このように内と外へ巻いていきます」

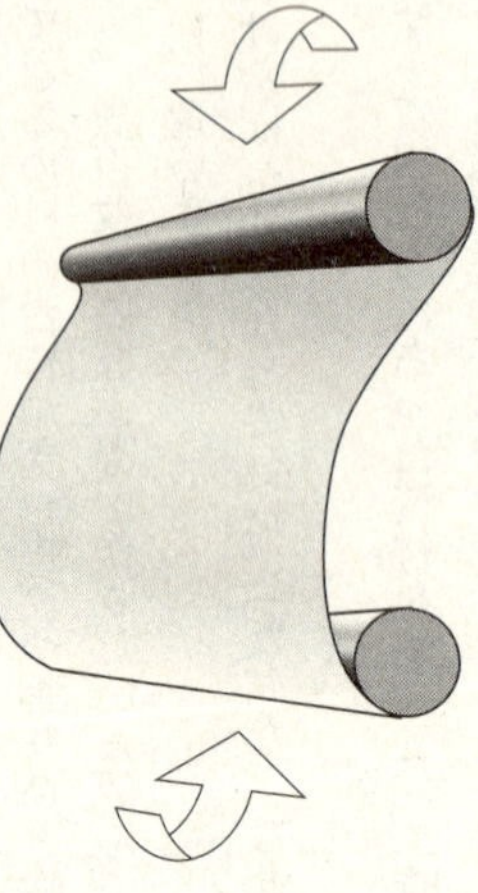

できあがった物は、黒いローラー二本が隙間なく並べてあるだけに見える。

高須は鳥肌が立つのを覚えた。「まさか……」

「そうです。あらかじめローラーの隙間に、片側から握手券を巻きこんでおきます。そして、もう一方に白紙を差しこみ、下のローラーを回転させると……」

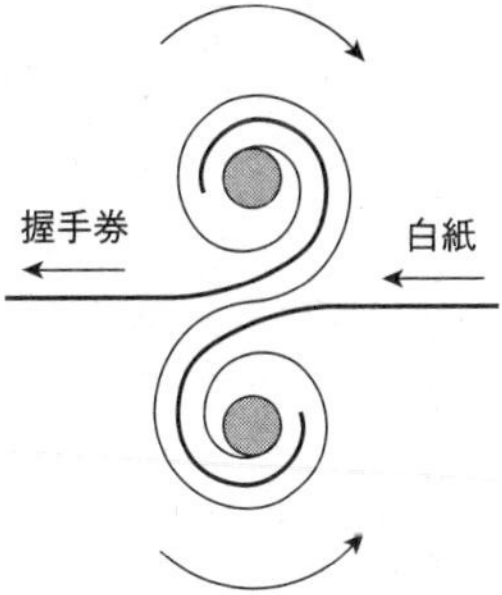

目の覚めるような光景だった。奇跡と信じた機構のからくり、その一部始終があきらかになった瞬間だった。

二本のローラーの回転に従い、白紙は引きこまれていく。と同時に握手券が反対側からでてくる。あたかも、たったいま印刷されたかのように……。

「こんな馬鹿な！」高須はひきつった自分の叫びを耳にした。「ありえないよ。彼はいつも、僕が持ってきた紙に印刷してくれる。甲陵製紙が握手券用に特別に生産した紙だぞ。僕は紙の検査官だ。だまされるはずがない」

小笠原が冷静に告げてきた。「高須さん。技能審査で三十点しか取れず、こんなところに飛ばされてるんでしょう？　よく似た紙なら区別がつかないんじゃないですか。まして印刷した直後はインクが乾いてないとかいわれて、触るのも遠慮させられたでしょう。すぐに指先で質感をたしかめることもできない。時間が経過すれば記憶もあいまいになります」

「よく似た紙って、そりゃいったいどういう……」

莉子は片手をあげて制してきた。「静かに。どうやら取引相手が到着したみたい」

小笠原が懐中電灯を消した。闇のなか、木立の向こうを走るヘッドライトがある。高須にとって毎晩、目に馴染《なじ》んだワンボックスカーは、今夜も山道から広場へと乗りいれてきた。

停車し、エンジン音が消える。スライド式ドアが開く音がした。車両から降り立った人影が、いつものようにブツをひとつずつ運びだす。

莉子が目でうながしてくる。高須は、うなずかざるをえなかった。三人でゆっくりと車両に近づく。

足音が複数あることに気づいたからだろう、人影が緊張する気配があった。

すかさず懐中電灯の光が浴びせられる。眩《まぶ》しそうにそむけた顔が、驚きのいろととともにまた光源を向く。

高須の取引相手は、あんぐりと口を開けて見かえしていた。

莉子があいさつした。「岩垣さん。こんばんは」

初めて耳にする名だと高須は思った。この男は岩垣というのか。

岩垣はかすれた声できいた。「凜田さんか……？　小笠原さんも。ここで何をしてるんですか」

小笠原がつぶやいた。「それはこっちのセリフです」

懐中電灯が地面に向けられる。二本のローラーを擁する〝印刷機〟が十個以上、フリーマーケットの商品のごとく並べてある。一個につき一枚ずつ、印刷作業が始まる段取りだった。きのうまでは……。

莉子が高須を見つめてきた。「このところ毎晩、あなたが持ちこんだ紙に岩垣さんが刷って出来あがったはずの握手券、もういちどよく調べてみてください。すべて紙が違います。大亜印刷が甲陵製紙との提携前に、独自に制作を始め、その後破棄したはずの二百枚。処分の責任者は岩垣さんだった。甲陵製紙のつくる紙とそっくりの品質だったから、区別がつきにくかったんです」

高須はまだ納得がいかなかった。岩垣を指差して訴えた。「この人が最初に声をかけてきたとき、ふつうの紙に印刷してくれたんだよ。もとはただの白紙だった。彼は表《おもて》だけ刷ってくれて……」

「あなたを信じさせるために、片側だけ印刷したサンプルを使ったんです。ごくふつうの紙に刷ってあったから〝印刷機〟のデモンストレーションとしては最適だった。岩垣さんはそのために会社からサンプルを持ちだした。ところが同僚の佳織さんが紛失に気づき、通報してしまった」

高須は岩垣をにらみつけた。「あんた、大亜印刷の人だったのか⁉　いったいどうしてこんなことをした」

莉子が穏やかにいった。「わかりませんか？　岩垣さんも握手券の偽物でひと儲《もう》けするのが目的です。そのためにあなたをだましたんです。甲陵製紙の紙を入手するために」

「紙……」

「そうです。毎晩あなたに会うたび、これらの〝印刷機〟のなかに一枚ずつ、本物の甲陵製紙の紙を回収できるんです。岩垣さんは大亜印刷における握手券の制作スタッフであり、工程はすべて熟知しています。完璧《かんぺき》な複製を作れる立場にあったんです。

紙さえあれば」

狸が人に化かされるとは、まさにこのことだった。なんという愚かな話だ……。膝《ひざ》の力が抜ける。高須はへなへなとその場に座りこんだ。

大亜印刷の製版技術を再現した。岩垣はそう高須に持ちかけてきた。半信半疑だったが、試し刷りをまのあたりにし、すっかり魅せられてしまった。

これでひと財産つくれると確信していた。大金を手にしたら会社など辞めるつもりだった。

しかし……本当にすべてはまやかしだったのか。

高須は、岩垣が地面に置いた印刷機のひとつをひったくった。岩垣があわてたように制止にかかる。だがそれより早く高須は、二本のローラーを本体から引きちぎった。

ローラーに巻きついていたゴム布の帯が、だらりと垂れさがった。なかから一枚の握手券が、虚《むな》しく宙を漂い、地面に舞い落ちた。

事実だった。動かしがたい物証が自分の手のなかにある。

怒りにまかせて高須は怒鳴った。「こりゃいったいなんだ！　ひどいじゃないか。挙句の果てに週刊誌に嗅《か》ぎつけられて……。お互い身の破滅だ」

すると小笠原が神妙にいった。「高須さん。岩垣さんはサンプル盗難の発覚後、あなたのせいにしようとスケアクロウの正体を暴露したんです。いまのうちに二百枚の紙を奪ってしまえばいい。いずれ週刊誌に記事が載り、高須さんは社会的に葬られる。自分の商売に邪魔は入らない。そう考えてたんです」

岩垣の顔面は蒼白《そうはく》になっていた。ふらふらと後ずさり、車両にもたれかかると、項《うな》垂《だ》れてうずくまった。

莉子が高須に告げてきた。「事実を認めればやり直せます。いままでに入手した偽握手券も大亜印刷さんに返すべきです。そのうえできちんと説明すれば……」

高須は憂鬱《ゆううつ》な気分でつぶやいた。「返せといわれても……。もう何枚か売っちゃったし」

山中に沈黙がひろがった。莉子と小笠原が困惑顔を見あわせるのを、高須は失意とともに眺めるしかなかった。

朝九時。早稲田《わせだ》通りの並木も枝にわずかな枯葉を残すのみになった。それでも円熟期を迎えた秋の陽射しが、温かく都心の一角を照らしだす。

飯田橋駅からぞろぞろと連なり歩く通勤の群れに、小笠原も加わっていた。角川第三本社ビルの前まできたとき、自然に足がとまる。

エントランスの前、瑠美が人待ち顔で立っていた。

まだこちらには気づいていないようだった。マフラーもコートも新調したらしい。手にはラッピングを施した贈り物らしき封筒があった。

小笠原は歩み寄って声をかけた。「瑠美さん。おはよう」

「あ、小笠原君」瑠美は満面の笑みで応《こた》えてきた。「おはよう。これ、プレゼント。ひと足早いけど、お誕生日おめでとう」

小笠原は手を差し伸べなかった。「悪いけど、JPN48の握手券なら受け取れない」

瑠美の表情が曇った。「どうして？」

「もう使えないからだよ」小笠原は懐から、本物の握手券を取りだしてみせた。

従来のAKB握手券と同じ製法だった。ごくありきたりな印刷物にホログラムシールを貼っただけの代物。

眉《まゆ》をひそめて瑠美がいった。「なにそれ……。全然違うじゃん」

「結局このかたちに落ち着いたんだよ」

「デザインが変更になったの？」

「先週末、階上のキャラアニに行って直接伝えてきた。大亜印刷と中陵製紙、どちらも社内管理に問題があるって。キャラアニはただちにスポンサーと協議して、両社を外す決定を下してね。新しく握手券の製造元を選びなおしたんだよ。取り急ぎできあがった握手券のうち一枚をくれた。重要な事実を知らせてくれた、せめてものお礼だって」

「大亜印刷と甲陵……何？　なんの話？」

宮牧が通りがかった。おう、小笠原。おはよう。そういってビルのなかに消えようとする。

小笠原は呼び止めた。「待てよ、宮牧。ほらこれ」

「なんだよ」宮牧は小笠原が押し付けた物を見て、ぎょろ目を剝《む》いた。「お、おい！　JPNの握手券じゃねえか！　マジかよ、俺にくれるのか？」

「求めよ、さらば与えられん」

「やった！　神様仏様、小笠原様。恩にきる。ここは天国かよ」

このうえなく舞いあがったようすの宮牧が、スキップしながらエントランスに飛びこんでいく。

小笠原は宮牧を見送ると、瑠美に向き直った。

瑠美がじっと見つめてきた。「よくわかんないけど、小笠原君が変えさせたの？　別の握手券に」

「僕が……ってことじゃないけど。不正は改めなきゃ。ネット上の怪しい業者から買っちゃ駄目だよ」

「ささいなルール違反も許されないって？　小笠原君、ずいぶん変わったね。記者になったから？　立場上そういわざるをえないの？」

「どうかな。自覚はあまりないけど、昔とは変わったかもしれない。でも実際に、きみは偽物をつかませられてる」

「これが本物じゃないっていうの？」

「……ああ。複製だよ」

「どうしてそういいきれるの？」

「鑑定すればわかるよ」

瑠美が小声になった。「鑑定、かぁ。凜田さんがそういったの？」

小笠原はうなずいてみせた。

しばし沈黙があった。瑠美はつぶやくようにきいてきた。「凜田さんを信じるの？」

「真実を何度となくこの目で見てきたからね」小笠原は言葉を選びながら、慎重に切りだした。「瑠美さん。ごめん。一緒にはなれない」

しばらくのあいだ、瑠美は無反応だった。虚空を見つめるように焦点のあわないまなざしが、ぼんやりと小笠原に向けられる。「ネット詐欺にだまされる、幼稚な田舎者とはつきあえないって?」

「そんなことはいってないよ。僕もずっと世間知らずだったし、都会のことは何もわからなかった……。誰からどのように買うのが正しいかなんて、気にかけたこともなかった。でも、もういまじゃ許されないんだよ。成長しなきゃいけない。でないと、誰よりも優れててしっかりした人を……」

守っていくことなんてできない。小笠原はそう告げるつもりだった。

けれども、言葉にできなかった。黙って瑠美を見つめるしかない。

瑠美の瞳《ひとみ》は潤みだしていた。ため息とともに瑠美はささやいた。「やっぱり……。最初からわかってた。あの飯田橋のお店に小笠原君がいたときから。あんなに嬉《うれ》しそうにしてる小笠原君、初めて見たし」

「……本当にごめん」

「小笠原君、たしかに昔と変わったんだね。いい人なんだけど、やらかしてばっかりって印象だったのに。あんなに綺麗《きれい》で、賢い人とつきあえるなんて」

「就職してからの四年間、ずっとドジばかりだったよ。けど、このところは少しずつでも向上しようと努力してきたんだ。将来の目標を描けるようになったから」

黙々とビルに吸いこまれていく人の流れがある。せわしない靴音だけが周囲にこだましつづける。

いまにも泣きだしそうな表情だった瑠美が、微笑に転じていった。「大人になるって、こういうことなんだよね」

「……そうかもね」

またため息をついてから、瑠美はラッピングされた封筒をくしゃくしゃに丸めた。少しばかり吹っきれたように、瑠美は笑顔で告げてきた。「誰よりもすごい記者になって、わたしがどこかのセレブと結婚するのを取材に来て。待ってるから」

「ああ」小笠原はうなずいてみせた。「約束するよ」

瑠美はしばらくその場に留《とど》まっていた。穏やかな日で小笠原をまっすぐに見つめてから、その場から立ち去りだした。

曖昧《あいまい》だった別離が、いま現実のものになった。雑踏のなかに消えていく過去を、小笠原はひとりたたずみ見送った。

その夕方、駒澤はいつもと変わらないはずの店内を見まわっていた。

たんなる職場の日常のはずが、空気がどことなく違って感じられる。自分の心情のせいかもしれなかった。きょうは、ひと月にわたる莉子の出向期間、その最終日だった。

莉子はロッカールームの荷物をまとめているようだ。そのあいだに駒澤は、店長室を覗《のぞ》きにいった。

半開きの扉の向こう、香河崎はデスクについて、パソコンに向かいあっている。いかにも働いているといいたげな顔。けれども、駒澤にはわかっていた。叔父《おじ》には性急にこなさねばならない仕事はない。だいいち、パソコンの使い方じたい、よくわかっていないはずだった。

このところ叔父は、必要もないのに莉子に鑑定を依頼していた。自分でも真贋《しんがん》を区別できるはずの銀製品まで預けて、意見をきいていた。そんな叔父のいまの心境はあきらかだった。寂しさをすなおに表現したがらないのも叔父らしかった。

背後に靴音がした。振りかえると、莉子が近づいてくるところだった。コートを身につけ、ハンドバッグを携えている。

莉子は微笑とともにいった。「ごめんなさい。最後までお待たせしちゃって」

「急ぐことはないよ。でも出発の用意、整ったみたいだね」

「店長さんは……」

「なかにいる」駒澤は開いたままの扉をノックした。「凜田さんがあいさつにきたよ」

香河崎が応じた。「ああ、そうか」

莉子が部屋に入り、おじぎをした。「お世話になりました」

「こちらこそ」香河崎はぶっきらぼうにいって、またパソコンの画面に目を戻した。

やや戸惑ったようすの莉子が、中指に嵌《は》まったダイヤの指輪を外そうとした。「これ、高価なものですから……」

「返そうなんて考えんでくれ」香河崎が莉子を見つめた。珍しく穏やかなまなざしで、香河崎は静かに告げた。「わしがもっと若ければ、結婚を申しこんどったよ」

莉子は目を丸くしたが、その顔にはまたすぐに笑みが戻った。

香河崎がのっそりと立ちあがった。「よければ、いつでもまた店にきてくれ。風邪はひかんよう気をつけてな」

「……ありがとうございます」莉子は心底嬉しそうにいった。「香河崎さんもお元気で」

駒澤は莉子とともに、店の外にでた。

熟柿《じゅくし》のように真っ赤な太陽が、ビルの向こうに消えようとしている。蛍光色に縁どられた雲の下で、街の雑踏はオレンジいろのなかに沈み、やがて長い夜を迎える。

歩道に長い影を引きずりながらたたずむ莉子に、駒澤は静かにいった。「叔父さんがきちんと別れの挨拶《あいさつ》をするなんて、ほんとに珍しいよ」

「そうなの？」莉子は微笑した。「ありがとう、駒澤さん。いろいろ勉強になりました」

「博識のきみに教えられたことなんかあったかな」

「知識だけじゃないの。駒澤さんって、ひとりの人間としてとても魅力的で……。あ、変な意味じゃなくて」

「わかってるよ」駒澤は左の薬指に嵌めた指輪をしめした。「いつも店では外してるけどね」

「道理で」莉子はにっこりと笑った。「大人の余裕があると思った。同じ年齢なのに」

「若いうちの結婚も悪くないもんだよ」駒澤は控えめな口調を心がけた。「じゃあ、気をつけて。また鑑定に困ることがあったら、飯田橋に相談に行くよ」

「いつでも。待ってますから」莉子はおじぎをした。その顔があがったとき、大きくつぶらな瞳が湖面のようにきらめいて見えた。立ち去りぎわ、莉子の頬にひとしずくの涙が流れ落ちたのを、駒澤は目にした。

莉子は何度も振りかえって、笑顔で手を振った。駒澤はその背が見えなくなるまで歩道にたたずんだ。ひと月前に浴びた夕陽とは違う、そんな実感があった。もっと繊細で、より麗しく、知性と思いやりに溢《あふ》れた紅いろの陰影。その光の源へと歩き去る莉子の明日《あした》は、どれだけ希望に満ちているのだろう。彼女に出会えたすべての人々の未来も。

ついに雨森華蓮が出所!?

一冊でひとつのエピソードじゃ物足りないという貴方へ！
再来月も莉子が五つの謎に挑む御買い得版です。

万能鑑定士Q《キュー》の短編集Ⅱ

2012年12月25日発売
松岡圭祐／著

長編「Qの推理劇」&「αの難事件」シリーズも継続中！
ご期待ください

角川文庫

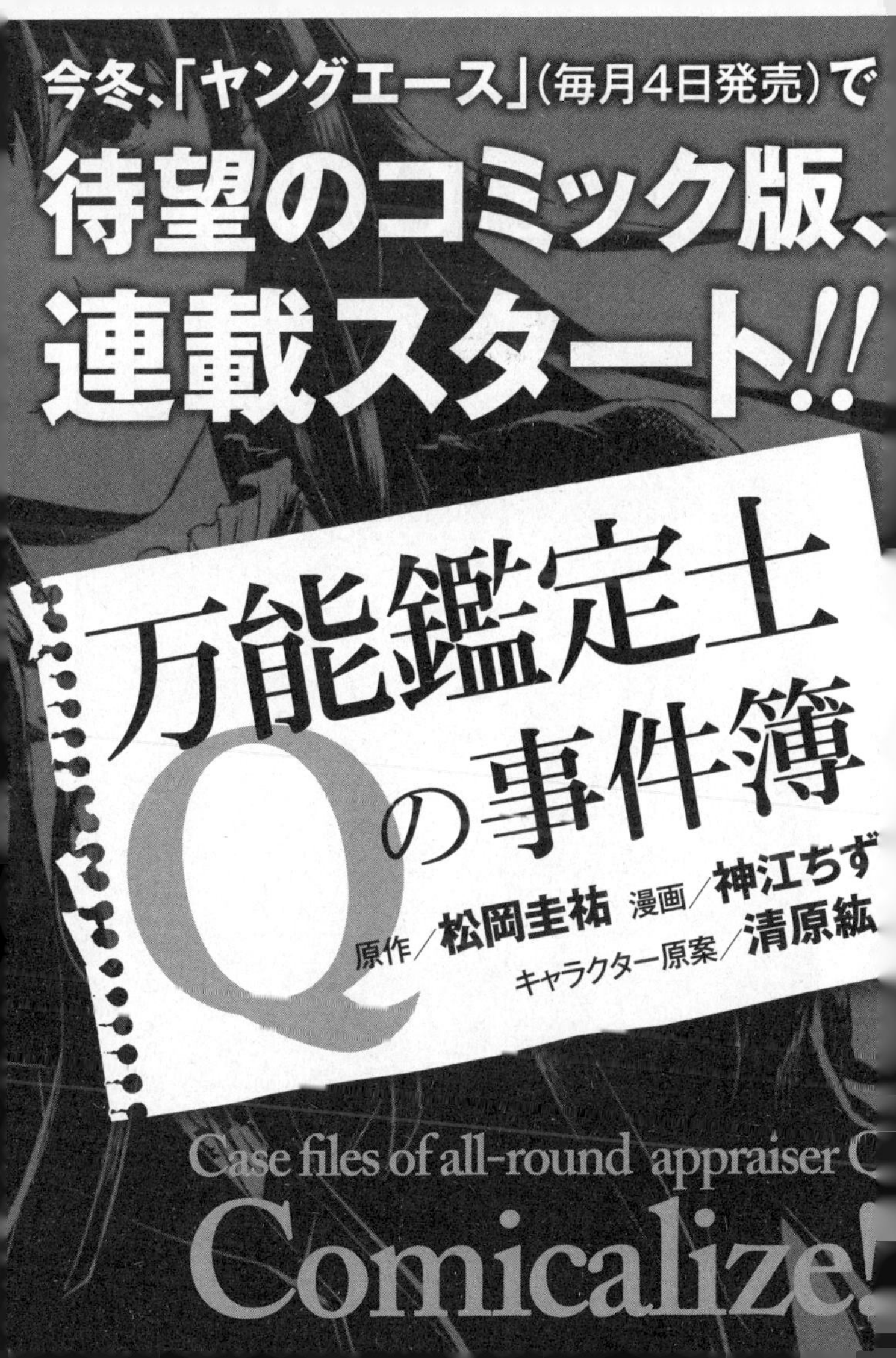
今冬、「ヤングエース」（毎月4日発売）で
待望のコミック版、
連載スタート!!
万能鑑定士Qの事件簿
原作／松岡圭祐
漫画／神江ちず
キャラクター原案／清原紘
Case files of all-round appraiser Q
Comicalize!

「万能鑑定士Q《キュー》の事件簿」
について

「Qの事件簿」シリーズは全12巻。すべて発売直後から版を重ねつづけるベストセラー揃いです。「事件簿」Ⅰ巻とⅡ巻のみ、上下巻として繋がった話。ほかは全作品、一話完結でどの作品からもお楽しみいただけます。シリーズ物というと先細りするのが常ですが、「Qの事件簿」シリーズは巻が進むにつれて評価が高まっていき、常に最新作が最高傑作との呼び声高い秀作・傑作の連続でした。

Ⅰ巻を読み終えられましたら是非どうぞ。

読者が選ぶ「Q《キュー》の事件簿」人気ランキング

1位　万能鑑定士Qの事件簿 Ⅸ

『モナ・リザ』の謎をめぐってロマンチックでドラマチックなストーリーが展開。

2位　万能鑑定士Qの事件簿 Ⅵ

莉子のライバル、万能贋作者雨森華蓮登場。ユーモアと謎解きの兼ね合いで傑作娯楽小説に。

3位　万能鑑定士Qの事件簿 Ⅹ

莉子はなぜ賢くなったのか。シリーズで最初に本作を読むなら21ページからどうぞ。

4位　万能鑑定士Qの事件簿 Ⅺ

京都を舞台にした兄妹弟子の頭脳戦。ミステリとラブストーリーのバランスが秀逸。

5位　万能鑑定士Qの事件簿 Ⅻ

大阪万博の『太陽の塔』を舞台にした本格風謎解き。214ページまで読んだら推理を。

※新しい本ランキングは、"事件簿"完結記念フェアの応募葉書に加え、その後の皆様のお手紙・お葉書・各種キャンペーンへの応募葉書に書かれた順位を集計したものです(2012年10月上旬時点)。多数のご応募ありがとうございました。

本書は書き下ろしです。

この物語はフィクションです。登場する個人・団体等はフィクションであり、現実とは一切関係がありません。

図版作成／REPLAY

万能鑑定士《ばんのうかんていし》Qの短編集《たんぺんしゅう》 I

松岡圭祐《まつおかけいすけ》

角川文庫 17639

平成二十四年十月二十五日　初版発行

発行者—井上伸一郎
発行所—株式会社角川書店
東京都千代田区富士見二—十三—三
電話・編集　(〇三)三二三八—八五五五
〒一〇二—八〇七八
発売元—株式会社角川グループパブリッシング
東京都千代田区富士見二—十三—三
電話・営業　(〇三)三二三八—八五二一
〒一〇二—八一七七
http://www.kadokawa.co.jp

印刷所—暁印刷　製本所—BBC
装幀者—杉浦康平

定価はカバーに明記してあります。

ま 26-402　ISBN978-4-04-100562-0　C0193

角川文庫発刊に際して

角川源義

　第二次世界大戦の敗北は、軍事力の敗北であった以上に、私たちの若い文化力の敗退であった。私たちの文化が戦争に対して如何に無力であり、単なるあだ花に過ぎなかったかを、私たちは身を以て体験し痛感した。西洋近代文化の摂取にとって、明治以後八十年の歳月は決して短かすぎたとは言えない。にもかかわらず、近代文化の伝統を確立し、自由な批判と柔軟な良識に富む文化層として自らを形成することに私たちは失敗して来た。そしてこれは、各層への文化の普及滲透を任務とする出版人の責任でもあった。

　一九四五年以来、私たちは再び振出しに戻り、第一歩から踏み出すことを余儀なくされた。これは大きな不幸ではあるが、反面、これまでの混沌・未熟・歪曲の中にあった我が国の文化に秩序と確たる基礎を齎らすためには絶好の機会でもある。角川書店は、このような祖国の文化的危機にあたり、微力をも顧みず再建の礎石たるべき抱負と決意とをもって出発したが、ここに創立以来の念願を果すべく角川文庫を発刊する。これまで刊行されたあらゆる全集叢書文庫類の長所と短所とを検討し、古今東西の不朽の典籍を、良心的編集のもとに、廉価に、そして書架にふさわしい美本として、多くのひとびとに提供しようとする。しかし私たちは徒らに百科全書的な知識のジレッタントを作ることを目的とせず、あくまで祖国の文化に秩序と再建への道を示し、この文庫を角川書店の栄ある事業として、今後永久に継続発展せしめ、学芸と教養との殿堂として大成せんことを期したい。多くの読書子の愛情ある忠言と支持とによって、この希望と抱負とを完遂せしめられんことを願う。

一九四九年五月三日

「Qの事件簿」シリーズ

休暇を利用してフランスに飛んだ凜田莉子を出迎えたのは、高級レストランの不可解な事件だった。莉子は友のため、パリを駆け、真相を追う！　シリーズ第5弾。

雨森華蓮。海外の警察も目を光らせる“万能贋作者”だ。彼女が手掛ける最新にして最大の贋作とは何か?凜田莉子に最大のライバル現る!!　シリーズ第6弾。

KEISUKE MATSUOKA
CASE FILES OF ALL-ROUND APPRAISER Q
KADOKAWA BUNKO

「Qの事件簿」シリーズ

純金が無価値の合金に変わる!?　不思議な事件を追って、凜田莉子は有名ファッション誌の編集部に潜入する。マルサにも解けない謎を解け!!　シリーズ第7弾。

「水不足を解決する夢の発明」を故郷が信じてしまった!　凜田莉子は発明者のいる台湾に向かい、真実を探る。絶体絶命の故郷を守れるか!?　シリーズ第8弾。

KEISUKE MATSUOKA
CASE FILES OF ALL-ROUND APPRAISER Q
KADOKAWA BUNKO

「Qの事件簿」シリーズ

訪れた、鑑定士人生の転機。凜田莉子は『モナ・リザ』展のスタッフ試験に選抜される。合格を目ざす莉子だが、『モナ・リザ』の謎が道を阻む!!　シリーズ第9弾。

凜田莉子、20歳。初めての事件に挑む!　天然だった莉子はなぜ、難事件を解決できるほど賢くなったのか。いま、全貌があきらかになる。シリーズ第10弾。

「Qの推理劇」シリーズ

天然少女だった凜田莉子はその感受性を活かし、わずか5年で驚異の頭脳派に育つ。次々と難事件を解決する莉子に、謎の招待状が届く。新シリーズ第1弾。

小さな依頼主が持ちこんだ古書と、シャーロック・ホームズの未発表原稿。2冊の秘密に出会ったとき、凜田莉子はかつてない衝撃と対峙する!!　シリーズ第2弾。

KEISUKE MATSUOKA
THE MYSTERY FEATURING ALL-ROUND APPRAISER Q
KADOKAWA BUNKO

「αの難事件」シリーズ

掟破りの推理法で真相を解明する水平思考に天性の才を発揮する浅倉絢奈。鑑定家の凜田莉子、『週刊角川』の小笠原らと共に挑む知の冒険、ここに開幕!!　シリーズ第1弾。

水平思考の申し子、浅倉絢奈は今日もトラブルを華麗に解決していたが　予期せぬ事態から絶不調に！　香港ツアーを前に、閃きを取り戻せるか？　シリーズ第2弾。